BERNICIA SCHRÖDER

Sara Síth

—

Der Lumpenkönig

Bernicia

lebt mit ihrer Familie im Land Brandenburg. Im
Alter von 10 Jahren begann sie zu schreiben.
Sie war 2012 Preisträger beim
Schreibwettbewerb
Bücher verändern die Welt.
sara.sith@t-online.de

BERNICIA SCHRÖDER

SARA SÍTH

—

DER
LUMPENKÖNIG

Bibliografische Information der Deutschen Nationalbibliothek:
Die Deutsche Nationalbibliothek verzeichnet diese Publikation in
der Deutschen Nationalbibliografie; detaillierte bibliografische
Daten sind im Internet über http://dnb.dnb.de abrufbar.

© 2020 Bernicia Schröder
Umschlagdesign: Alicius Schröder
Herstellung und Verlag: BoD – Books on Demand,
Norderstedt
ISBN: 978-3-752674156

Brief

Sara Síth rannte in ihrem Zimmer aufgeregt hin und her. Dabei murmelte sie hektisch vor sich hin: „Wo hab ich ihn hingelegt? Wo kann er nur sein?"

Daniel, Saras zwei Jahre jüngerer Bruder, betrat das Zimmer und sah ihr eine Weile belustigt bei ihrer Suche zu, ehe er „Schon fertig mit Packen?", fragte.

„Nein!", fuhr Sara ihn schroff an. „Ich finde den Brief nicht mehr. Ich muss ihn hier irgendwo hingelegt haben."

„Schau doch mal in deiner Jackentasche nach", schlug Daniel vor.

„Dort kann er gar nicht sein."

„Schau nach!", sagte Daniel erneut.

Sara ging hinüber zum Jackenhaken, fuhr mit der Hand in die Tasche und holte den etwas zerknitterten Briefumschlag heraus.

Daniel grinste zufrieden.

„Woher wusstest du, dass er dort ist?", fragte Sara.

„Ich wusste es nicht", erwiderte ihr Bruder und grinste noch breiter. „Aber nachdem der Brief hier ankam, hast du ihn dauernd mit dir herumgeschleppt."

Sara warf ein Kopfkissen nach Daniel und der flüchtete schnell aus dem Zimmer.

Aber eigentlich hatte Daniel Recht. Sie hatte ihn überall mit hingenommen, ihn dauernd gelesen, wieder und wieder. Sie faltete den Zettel auseinander und las den Brief zum eintausendersten Mal:

Liebe Sara,

stand dort,

seit unserem letzten Treffen (und sorry, dass du wegen mir Ärger bekommen hast) bin ich viel herumgekommen. Dabei habe ich einen Großonkel von mir gefunden. Er konnte mir einiges über meine Eltern erzählen und er wusste, welcher Art ich angehöre. (So ganz kann ich damit zwar immer noch nichts anfangen, aber immerhin bin ich kein Fischkopf.) Ich will dir noch nicht mehr verraten, aber du kannst mich ja einfach besuchen kommen! Ich weiß nicht, ob du mit deiner Familie in den Sommerferien wegfährst, aber du kannst jederzeit (auch ohne Vorwarnung) bei mir aufkreuzen.

Hier wohne ich jetzt: Sea Street 1, Fordox (England) (das wirst du ganz einfach finden, halt einfach nur Ausschau nach einem alleinstehenden Haus).

Genau dorthin würde Sara bald fahren.

Viele Grüße von mir und Udo

Dein Jo

PS: Bring auch ruhig deinen Bruder und den Fischkopf mit.

„Was liest du da?", fragte eine Stimme hinter Sara. Sie fuhr herum und erblickte den „Fischkopf", wie Jonathan ihn nannte: ihren Freund Tobias.

„Jonathans Brief", antwortete Sara. „Du hast dir die Adresse aufgeschrieben?"

Tobias nickte. „Ich werde nachkommen, sobald ich aus dem Urlaub mit Dirk zurück bin."

„Gut. Du weißt ja, dass ich die Woche vorher auch noch mit meiner Familie bei dem Treffen der Síth bin."

Eine Weile standen sie beide nur unschlüssig da, dann wandte sich Sara wieder ihrem Koffer zu. „Ich muss noch fertig packen."

„Ich muss auch wieder nach Hause. Wir fahren bald los." Tobias zögerte, dann wandte er sich zum Gehen. „Viel Spaß."

„Dir auch. Wir sehen uns dann bei Jonathan", rief Sara ihm hinterher, aber sie war sich nicht sicher, ob er sie noch gehört hatte.

Seit Sara von der Wächter-Akademie zurückgekehrt war, hatten sie sich natürlich schon mehrmals wiedergesehen, doch es gelang ihnen nicht mehr, ein richtiges Gespräch zu führen. Jede Unterhaltung verlief mit dem gleichen Small-Talk-Geplänkel. Sara hatte gedacht, dass nach ihrer Versöhnung wieder alles so gut sein könnte wie vor ihrem sinnlosen Streit, aber im Augenblick schien das unmöglich.

„Du bist ja immer noch nicht fertig!", rief Daniel, als er Sara gedankenversunken vor ihrem Koffer stehend vorfand. „Vater wollte schon längst los."

Abreise/Ankunft

Sara legte Jos Brief ganz oben in den Koffer, dann folgte sie Daniel die knarzende Treppe hinunter ins Wohnzimmer, wo ihre Eltern und ihre achtjährige Schwester Fajé warteten.

„Bist du bereit?", fragte Herr Síth.

Sara nickte.

Sie war die Einzige in der Familie, die die Wächter-Akademie besucht hatte und erlernt hatte, wie Teleportieren funktionierte, deswegen sollte sie die anderen damit auf dem schnellsten und kürzesten Weg zum Treffen der Síth bringen.

„Ihr müsst euch alle an den Händen anfassen", erklärte Sara. „Um den Rest kümmere ich mich."

Sara dachte fest an den Ort, den ihr Vater ihr beschrieben hatte, dann wirbelten sie durch die Luft und landeten kurz darauf auf einer weitgestreckten Wiese, die nahe am Rande eines Waldes lag. Die gesamte Wiese war mit den unterschiedlichsten Zelten zugestellt. Von kleinen Einmannzelten bis zu richtigen Festzelten, in die bestimmt mehr als zehn Leute passten. Ganz im Zentrum der Wiese stand aber das größte Festzelt, das Sara je gesehen hatte, und in dem sicher 500 Leute Platz fanden. Und überall waren Menschen, oder wohl eher Síth.

Bevor sie sich genauer zwischen den Zeltreihen umsehen konnten, kam ein kleiner Mann zu ihnen gelaufen. „Und ihr seid …?", fragte er und sah sie alle nacheinander eingehend an.

„Steven heiße ich", stellte sich Herr Síth mit seinem Vornamen vor, weil vermutlich nahezu jeder auf diesem Platz den Nachnamen Síth trug.

Der Mann klappte ein kleines Notizbüchlein auf und blätterte es hektisch durch.

„Hier steht nichts von einem Steven", sagte er schließlich.

Herr und Frau Síth sahen sich ratlos an. Das Treffen der Síth fand hier jedes Jahr um diese Zeit statt, doch bisher waren sie nie hingegangen, weil sie keine reinen Síth waren und beschlossen hatten, sich, soweit es ging, von der magischen Welt abzukapseln. Doch nachdem Sara die Akademie besucht hatte und eine Wächterin geworden war, hatten sie beschlossen, doch einmal diesem Fest beizuwohnen. Dabei fiel Sara etwas ein.

„Sehen Sie bitte nach, ob Nereida drin steht", sagte sie. „Das ist mein Name."

Der kleine Mann musterte Sara noch einmal genau, dann blätterte er erneut durch das Notizbuch.

„Mmmh … Ja, hier ist es. Nereida, fünf Personen, ihr habt Platz 158. Haltet euch einfach immer nur links, dann könnt ihr es nicht verfehlen."

Der Mann eilte wieder davon, denn eine neue Gruppe Síth war soeben wie aus dem Nichts aufgetaucht.

Sara und ihre Familie gingen nach links durch die Zeltreihen. Überall waren kleine Tafeln mit Zahlen drauf in den Boden vor den Zelten gesteckt. Manchmal stand auch nur eine Tafel und das Zelt fehlte noch. Gerade, als sie an Nummer 94 vorbeikamen, rief eine Stimme: „Sara! Hey, Sara, hier drüben!"

Sara drehte sich um und entdeckte Lucienne in einem der Zelteingänge.

„Hi, Lucienne!", begrüßte Sara sie. „Sind die anderen von der Akademie auch schon da?"

„Ned hab ich schon gesehen, und Gerlis. Und ich glaube, die Lehrer sind auch alle hier."

Sara verabschiedete sich wieder und machte sich weiter auf die Suche nach ihrem Zeltplatz. Schließlich kamen sie bei Nummer 158 an, einem der wenigen noch freien Plätze. Herr Síth packte das Zelt aus und Sara und Daniel halfen ihm, es aufzubauen.

Als sie fertig waren, wollte Sara sich im Zeltlager umsehen gehen und Daniel kam auch mit. Schon nach wenigen Schritten blieben sie wieder stehen, denn Sara hatte vor einem Zelt zwei Rotschöpfe erkannt: Gwen und Fynn. Gwen blickte wie immer sehr ernst in die Gegend, aber Fynn lächelte sie freundlich an. Er schien in den letzten zwei Monaten, seit sie sich das letzte Mal gesehen hatten, um einiges gewachsen zu sein, denn jetzt überragte er seine Zwillingsschwester um mindestens fünf Zentimeter.

„Ist das dein Bruder?", fragte Fynn und nickte Daniel zu.

„Wie bist du nur darauf gekommen?", fragte Sara ironisch, denn die geschwisterliche Ähnlichkeit war wirklich nicht zu übersehen.

„Ned war vorhin auch hier", erzählte Gwen. „Und Loy kam auch schon vorbei. Er wollte zum Rat, die sind ganz in der Mitte, neben dem Festzelt."

Sara und Daniel gingen weiter. Auch Gerlis begegneten sie, aber Sara sah demonstrativ in eine andere Richtung. Vermutlich war Gerlis sowieso der Ansicht, dass Saras Familie nichts auf einem Treffen der Síth zu suchen hatte.

Nach einer Weile kehrten sie zu ihrem eigenen Zelt zurück und dort fanden sie Herrn Síth vor, der sich mit einem seltsamen Mann unterhielt. Er hatte dicke, dunkle Locken, die ihm bis auf die Schultern herabfielen, und sein Gesicht war unrasiert. Gekleidet war er, trotz der sommerlichen Hitze, in einen bodenlangen schwarzen Ledermantel. Aber das Ungewöhnlichste an ihm war die schwarze Augenklappe, die sein rechtes Auge verdeckte. Alles in allem wirkte er tatsächlich ein wenig wie ein Pirat.

Herr Síth winkte die Kinder zu sich. „Ich möchte euch jemanden vorstellen", sagte er. „Das hier ist James", er zeigte auf den Piraten. „Er hat den Zeltplatz neben unserem und außerdem ist er ein Verwandter, der Bruder meines Vaters." Sara kannte ihren Großvater kaum und hatte nicht gewusst, dass er Geschwister hatte, aber sie fand, dass James kaum älter als ihr eigener Vater sein konnte.

Der Pirat James bleckte die Zähne zu einem Lächeln. Aus dem Eingang des Nachbarzeltes kam ein Mädchen mit braunem, fast schwarzem Haar gekrochen. Sie stellte sich neben James und der legte ihr einen Arm um die Schulter. „Das ist meine Tochter Kyra", sagte er und das Mädchen lächelte schüchtern. Der Name kam Sara bekannt vor und erinnerte sie an etwas, doch es fiel ihr nicht ein.

„Diesen Herbst kommt sie auf die Akademie", erklärte James stolz.

„Sara ist gerade letztes Jahr fertig geworden", sagte Herr Síth.

Sara klappte überrascht den Mund auf, denn plötzlich war ihr eingefallen, woher sie den Namen kannte. Kyra war das Mädchen, dessen Platz Sara an der Wächter-Akademie eingenommen hatte, und Gerlis' beste Freundin und der Grund, warum diese Sara hasste.

Doch Kyra schien, ganz im Gegenteil zu Gerlis. richtig nett zu sein. Während sich Saras Vater und James weiter unterhielten, stellte Kyra Sara Fragen über die Akademie und Sara antwortete ihr. Wusste Kyra überhaupt etwas davon, dass Sara den Platz bekommen hatte, der eigentlich für Kyra bestimmt gewesen war? Wenn, dann zeigte sie es nicht, dass sie es Sara übel nahm.

Als die Sonne schon immer tiefer sank, strömten allmählich alle Leute auf die Mitte des Zeltplatzes zu. Auch James und Kyra und Saras Familie machten sich in diese Richtung auf. Immer mehr Menschen drängten sich nun auf den Wegen, die wie die Speichen eines Rades alle zur Mitte führten.

Plötzlich stolperte jemand von hinten gegen Sara und sie schaffte es gerade so, ihr eigenes Gleichgewicht zu halten und denjenigen festzuhalten, damit er nicht fiel. Es war ein Mann mit glattem braunem Haar, das ihm bis über die Schultern hing. Sein kurzer Bart war ebenfalls braun und er hatte große traurige

Augen. Der Mann kam Sara irgendwie bekannt vor.

„Verzeihung", sagte er und wollte schon weitergehen, hielt dann aber inne, musterte Sara noch einmal genauer und sagte dann: „Schön, dich hier zu sehen, Nereida." Dann war er schon wieder in der wogenden Menge verschwunden.

Die Worte bestätigten nur, dass Sara ihn kannte, obwohl ihr nicht einfallen wollte, woher, und sie sich nicht einmal ganz sicher war, ihm schon jemals begegnet zu sein.

Sara beeilte sich, ihre Familie, die weitergegangen war, wieder einzuholen.

Willkommen

Alle strömten in das große Festzelt, wo lange Holzbänke und Holztische standen. An einer Seite war eine kleine Bühne aufgebaut. Herr Síth führte sie an einen Tisch und auch James setzte sich mit seiner Tochter dazu. Schließlich setzten sich noch Gwen und Fynn mit ihrem Vater auf die verbliebenen Plätze am Tisch. Sobald alle saßen, kehrte augenblicklich Ruhe ein. Mehrere Männer und Frauen trugen Fackeln und Kerzen hinein und verteilten sie in dem Zelt. Auch das letzte Gemurmel verstummte, als fünf Männer die niedrige Bühne betraten. Sie trugen lange weiße Umhänge und die weiten Kapuzen verdeckten ihre Gesichter. Sie waren der Rat der Síth. Der größte der fünf Männer trat einen

Schritt nach vorne, um das Wort zu erheben. Er war Marates, der Oberste der Síth.

„Ich heiße euch alle willkommen zu einem weiteren Treffen unseres Volkes", verkündete er mit lauter Stimme. „Normalerweise würde man bei einer solchen Versammlung dazusagen, die wievielte es ist", fuhr er fort, „doch gibt es unsere Sippe, die Síth, und unsere alljährlichen Treffen schon so lange, dass wir irgendwann aufgehört haben zu zählen, wie oft wir uns schon an diesem Ort zusammengefunden haben."

Viele applaudierten, manche pfiffen oder grölten auch.

Marates hob die Arme und augenblicklich wurde es wieder still.

„Zunächst wollen wir euch aber die Möglichkeit geben, euch an Essen und Gespräch zu erfreuen, bevor wir zu den langweiligen, aber notwendigen Programmpunkten kommen."

Noch mehr Applaus.

„Aber zuvor muss eine Tradition erfüllt werden, die es schon von Anfang an gegeben hat …" Marates winkte mit einer Hand und die Síth, die zuvor die Fackeln getragen hatten, erschienen wieder im Zelt. Diesmal trugen sie Fideln und Flöten und begannen, ein Lied zu spielen. Kurz darauf setzten die fünf Síth mit ihrem Gesang ein. Das Lied, das sie sangen, handelte von den magischen Steinkreisen, die man überall in den Ländern der Kelten finden konnte. Früher lebten die Síth in Höhlen unter diesen Steinen oder in den grünen Hügeln, die man Elfhame nennt.

Obwohl die übliche Sprache der Síth Gälisch ist, sang der Rat das Lied auf Englisch, denn viele der jüngeren Síth kannten diese Sprache nicht mehr. Saras Mutter konnte es noch fließend sprechen, aber auch Sara konnte nur noch ein paar Brocken.

Als das Lied geendet hatte, verließ der Rat wieder die Bühne und verteilte sich auf die verschiedenen Tische.

Überrascht stellte Sara fest, dass sich Marates zu Catarina, einer Lehrerin der Wächter-Akademie, setzte. Eine junge Frau mit langem rotem Haar tätschelte Marates die Schulter und lächelte ihn verschmitzt an. Ein kleines Mädchen neben der Frau, das nicht älter als fünf zu sein schien, klatschte immer noch begeistert in die Hände, obwohl die letzten Töne schon lange verklungen waren.

Sara tippte Gwen an und deutete zu ihnen hinüber. Gwen wandte sich nur kurz um und zuckte dann mit den Achseln. Fynn jedoch sah länger hinüber und er lächelte etwas schelmisch. „Jetzt ist mir klar, warum Catarina am Wochenende oder an Feiertagen nie in der Akademie war", sagte er.

„Wieso?", fragte Sara verständnislos.

„Na, ist doch klar. Oder denkst du, dass Lehrer oder Ratsmitglieder keine Familie haben?", sagte Fynn.

„Du meinst, Marates und Catarina sind verheiratet?"

„Wieso nicht? Ist ja nicht verboten."

Die Musikanten verschwanden kurz und kamen dann mit Schüsseln und Kannen mit Speisen und Getränken zurück. Sie aßen und schwatzten bis in die Nacht, dann strömten die Massen in die verschiedenen Richtungen zu den Zelten zurück.

Kurzes Zwischenspiel

– Kurz nachdem das Lied verklungen war –

Marates ging zu dem Tisch, der der Bühne am nächsten stand, und setzte sich neben Catarina. Marates hatte überhaupt nicht singen wollen, weil es ihm peinlich war, vor allen auf der Bühne zu sprechen. Das hatte er auch schon in der Schule gehasst und einer der Vorteile, ein Ratsmitglied zu sein, war, dass man die meiste Zeit über in einer einsamen Höhle saß und nicht viel mit anderen Leuten zu tun hatte. Aber es war eine jahrhundertealte Tradition, ein Lied zu singen, ein Gedicht aufzusagen oder eine Sage zu erzählen. Wenigstens hatte man durch die Kapuze nicht sehen können, wie rot er angelaufen war.

Fiona beugte sich über den Tisch und tätschelte ihm die Schulter. „Man hat kaum einen schiefen Ton gehört", sagte sie lächelnd.

Lily klatschte immer noch begeistert in die Hände.

„Also ihr hat es auf jeden Fall gefallen", sagte Catarina mit einem Blick auf ihre Enkelin und lächelte dabei auf die gleiche verschmitzte Art wie zuvor Fiona.

Fiona beugte sich hinunter zu Lily und sagte mit verschwörerischer Stimme, jedoch so laut, dass es noch jeder am Tisch deutlich hören konnte: „Opa singt ja doch viel besser, als wir jemals gedacht hätten."

Lily lächelte Marates an, beinahe so, als wolle sie sich für die Worte ihrer Mutter entschuldigen und Marates wuschelte ihr durchs dichte Haar.

Frühstück

Sara wachte viel zu früh am nächsten Morgen auf. Ihre Eltern, Daniel und Fajé schliefen noch tief und fest, aber Sara wollte nicht in dem beengten Zelt warten, deswegen kroch sie aus dem runden Eingang. Sie bemerkte, dass im Eingang des Nachbarzeltes Kyra saß.

„Bist du auch schon wach?", fragte Sara.

Kyra bemerkte sie erst jetzt. „Ja, ich bin Frühaufsteher. Aber Papa kann bis Mittag durchschlafen."

„Und was fangen wir bis dahin an?", fragte Sara.

„Wie wär's, wenn wir schon mal zum Frühstück vorgehen?", schlug Kyra vor.

„Gibt es denn schon Frühstück?"

„Ja. Ich bin nur noch nicht hingegangen, weil ich nicht gerne alleine sitze. Aber wenn du mitkommen würdest …"

Sara willigte ein und sie gingen wie am Vortag auf einem der Speichenwege in die Mitte, wo jetzt jedoch keine Menschenseele zu sein schien. Unter dem Festzelt standen noch immer die langen Bänke und Tische, auf denen sich bereits das Frühstück befand, obwohl bisher nur die beiden Mädchen eingetroffen waren. Sie setzten sich an denselben Tisch wie schon am Abend und bald fing Kyra wieder neugierig an, Fragen zu stellen.

Nach einer Weile konnte Sara sich nicht länger zurückhalten und fragte beinahe gereizt: „Du bist die Freundin von Gerlis, oder?"

Kyra riss erstaunt die Augen auf. „Ja, wieso?"

„Weil Gerlis mich hasst, weil ich letztes Jahr deinen Platz an der Akademie bekommen habe."

Kyra stieg eine leichte Röte ins Gesicht. „Na und? Ich komme doch dieses Jahr auf die Akademie."

„Aber du und Gerlis wolltet doch zusammen …"

„Das ist doch egal", unterbrach Kyra sie. „Es lässt sich eh nicht mehr ändern und mir ist es egal."

„Aber Gerlis nicht."

„Sie sieht das schon nicht so schlimm. Und außerdem liegt es gar nicht an dir, dass sie so sauer ist."

„Ach nein?", fragte Sara spöttisch. „Woran denn sonst?"

„Sie kann einfach keine Menschen leiden. Also, ich meine *normale* Menschen."

„Wieso? Sie muss doch einen Grund dafür haben."

Kyra sah sich in alle Richtungen um, als glaubte sie, dass jemand sie belauschen könnte.

„Ihr Vater", sagte sie schließlich.

„Wessen Vater?"

„Gerlis' natürlich."

„Was soll mit ihrem Vater sein?", fragte Sara.

„Er ist ein Mensch."

Sara hätte sich beinahe an ihrem Brötchen verschluckt. „Was?", fragte sie hustend. „Gerlis soll eine Halbsíth sein?"

„Ja", flüsterte Kyra. „Und das soll auch keiner wissen. Gerlis' Mutter hat alles dafür getan, es zu vertuschen. Gerlis hasst ihren Vater, weil er abgehauen ist, als er erfuhr, dass Gerlis' Mutter eine Elbe ist. Als ob wir so etwas wie Monster wären. Und Gerlis kennt ihn nicht einmal."

„Und deswegen hasst sie jetzt einfach alle Menschen, nur weil ihr Vater ein Idiot ist?"

Kyra schüttelte den Kopf. „Sie ist sauer auf ihn und ihre Mutter, weil sie eine Halbsíth ist. Eigentlich hasst sie die meiste Zeit über einfach sich selbst. Und sie hat nicht so etwas wie eine Familie. Deswegen ist sie früher oft zu uns zum Essen gekommen, obwohl sie meinen Dad nicht leiden kann. Aber Gerlis' Mutter ist nur noch ein depressives Wrack und kann sich nicht richtig um sie kümmern. Gerlis hat sich immer nur gewünscht, dass wir gemeinsam zur Akademie gehen können."

„Moment mal", fiel Sara plötzlich ein. „Die Akademie ist nur für reine Síth. Gerlis hätte eigentlich gar nicht hingedurft. Aber trotzdem war sie da."

„Vielleicht hat Marates es aus ähnlichen Gründen erlaubt wie bei dir", sagte Kyra. „Und es wäre besser, wenn du das niemandem erzählst, denn sonst hasst Gerlis dich wirklich."

In dem Moment kamen mehr Síth in das Festzelt zum Frühstück und Kyra und Sara verstummten schnell.

Auch James war unter ihnen, obwohl es noch nicht Mittag war. Er setzte sich wortlos neben seine Tochter und begann zu essen. Sara musterte sein Gesicht, während er sich auf das Essen auf seinem Teller konzentrierte. Aber anscheinend war das James nicht entgangen, denn er riss den Kopf hoch und starrte Sara entgegen.

„Du willst wissen, was mit meinem Auge passiert ist, oder?", fragte er mit geblecktem Grinsen.

„Lass sie doch in Ruhe, Dad", sagte Kyra, aber Sara nickte. Sie wollte es wirklich wissen, schließlich trifft man nicht so oft auf Leute, die eine Piratenaugenklappe tragen.

James schob sich ein weiteres Stück Brötchen in den Mund, dann sprach er weiter: „Ich war im Boneswood unterwegs, als es geschah."

„Boneswood?", fragte Sara.

James deutete auf den nahe liegenden Wald. „Das dort ist ein Teil des Boneswood. Er erstreckt sich unendlich weit durchs Land. Keiner weiß, wie groß er wirklich ist. Die Akademie befindet sich mitten im Herzen des Waldes. Ich war gerade dort, vierzehn Jahre alt und seit drei Wochen auf der Wächter-Akademie. Ich hatte mich in der Nacht aus unserer

Höhle geschlichen und bin in den Wald gelaufen, weil er mich fasziniert hat. Und dann wurde ich angegriffen."

„Von wem?", fragte Sara. Als sie mit Catarina im Wald gewesen waren, war er ihr nicht bedrohlich oder gefährlich erschienen.

„Frag lieber, von *was*. Der Boneswood ist voller unbekannter alter Kreaturen und eines von ihnen hat mich angefallen. Vielleicht war es eine Harpyie, oder eine Chimäre. Ich weiß es nicht. Bevor ich es überhaupt bemerkt hatte, sprang mich das Monster an und versuchte, mir das Gesicht abzubeißen. Es hätte mich aufgefressen, wenn mein Kampflehrer, und damals Oberster Lehrer, Serebis, nicht das Vieh verscheucht hätte. Das Wesen hatte gerade noch genug Zeit, um mit einer Tatze auszuholen und mir das Auge aus dem Kopf zu greifen.

Der Boneswood ist auf jeden Fall ein verzauberter Wald, und deswegen habe ich jetzt ein verzaubertes Auge. Ich kann damit sehen, wenn jemand lügt, und ich nehme Dinge wahr, die sonst niemand sieht."

Er durchbohrte Sara mit seinem stechenden, einäugigen Blick, als wolle er prüfen, ob Sara ihm glaubte.

„Lass doch die Märchen, Dad", sagte Kyra.

„Aber es ist wahr", sagte James empört darüber, dass sie ihm nicht glaubte. „Warum sollte ich lügen?"

„Weil du gerne Geschichten erzählst, in denen blutrünstige Monster vorkommen", meinte Kyra.

James sah noch empörter drein.

„Hey, Sara!", rief jemand. Sara wandte sich auf ihrer Bank um und sah Yu-On mit einer kleinen Gruppe in das immer noch schwach gefüllte Zelt strömen.

„Das sind mein Bruder Bao-Zen und meine Schwester Mai-Ly", stellte er seine beiden asiatischen Begleiter vor. Sie hatten alle drei das gleiche glänzend schwarze Haar und die gleichen schwarzen Augen.

„Wenn das hier vorbei ist", erzählte Sara, „werde ich Jo und Udo besuchen." Yu-On liebte Drachen. „Vielleicht könnt ihr euch mal irgendwann kennenlernen."

Yu-On blickte zu seinem Bruder hoch, der auf einer Drachenaufzuchtstation arbeitete.

„Sobald ich 16 bin, werde ich bei Bao-Zen arbeiten", sagte er mit leuchtenden Augen und seine Gedanken schweiften in weite Ferne, wo er vermutlich gerade auf einem Drachen durch die Lüfte ritt. Dann befand er sich wieder im Hier und Jetzt und sagte zu seinem Bruder: „Können wir uns zu Ned setzen?" Bao-Zen nickte und sie gingen in diese Richtung davon. Sara suchte mit den Augen den Raum ab und fand schließlich Ned an einem der Tische. In der Nähe fiel ihr auch wieder der Mann mit den langen braunen Haaren und traurigen Augen auf, der Sara so bekannt vorkam.

Sara ließ Kyra mit ihrem Vater allein und während sie das Zelt verließ, grübelte sie darüber nach, wer er sein könnte. Sie war sich

ziemlich sicher, dass er etwas mit der Akademie zu tun hatte, aber mehr fiel ihr nicht ein.

Schloss

Die restliche Woche verlief ähnlich wie die ersten Tage. Sara verbrachte die Tage mit ihren Freunden von der Wächter-Akademie oder mit Kyra und lauschte James' Geschichten. Einige Male berichtete Marates oder ein anderer wichtiger Síth von den großen Taten ihres Volkes, die alle viele Jahrhunderte zurücklagen, und es fanden Versammlungen statt, zu denen aber nur die Erwachsenen gingen. Und immer wieder sah Sara den Mann mit den traurigen Augen, aber bis zum Ende fiel ihr nicht mehr sein Name ein oder woher sie ihn kannte.

Dann war die Woche auch schon vorbei und alle packten ihre Zelte wieder zusammen und machten sich aufbruchsbereit. Herr und Frau Síth fuhren mit Fajé zurück nach Hause und Sara und Daniel machten sich auf den Weg zu Jonathan.

„Passt auf euch auf", sagte Frau Síth zum Abschied. In den vorletzten Herbstferien, in denen sie ohne Eltern verreist waren, waren nur fünf von sechs Kindern auch wieder nach Hause zurückgekehrt.

„Natürlich!", versprach Sara. Sie und Daniel entfernten sich ein paar Meter vom Zeltlager, dann teleportierte Sara sie beide weg und im nächsten Augenblick befanden sie sich auf einem schmalen, sandigen Feldweg.

Vor ihnen ragte, völlig fehl am Platz, ein kleines Schloss empor. Es war aus roten Backsteinen gebaut und eine kleine Brücke führte über den Wassergraben, den das Schloss umgab. Tatsächlich war es das einzige Haus weit und breit und es gab nicht einmal ein Straßenschild, das den Straßennamen angezeigt hätte, den Jonathan ihr geschrieben hatte. Eine kleine Ansammlung von Häusern war erst in der Ferne hinter einem Kornfeld zu erahnen.

„Bist du dir sicher, dass das hier das richtige Haus ist?", fragte Daniel.

„Es ist zumindest das einzige weit und breit", sagte Sara und fügte in Gedanken noch hinzu: *Und es sähe Jo auch ganz ähnlich, so zu wohnen.* Sie konnte sich nicht denken, wie man auf den Straßennamen Sea Street gekommen sein mochte, wo doch das Meer meilenweit entfernt war, aber vielleicht hatte sich Jonathan das auch nur ausgedacht.

Dass sie tatsächlich beim richtigen Haus gelandet waren, wurde bestätigt, als die Tür hinter der Brücke aufging und Jonathan herauskam.

„Da seid ihr ja!", begrüßte er sie freudig.

Daniel und Sara überquerten die Brücke und betraten hinter Jo das Haus. Drinnen kamen sie zuerst, wie in jedem Schloss, in eine Empfangshalle mit einer großen Freitreppe, die in die oberen Stockwerke führte, und einem ehemals schönen und nun nur noch verstaubten Kronleuchter. Jo führte sie sogleich nach links in einen großen Raum mit einem

Kamin. In der Mitte standen bunt zusammengewürfelte und völlig unzusammenpassende Sessel und Sofas, von denen die Hälfte aussah, als hätten sie bereits einige Zeit auf dem Sperrmüll gestanden. Jonathan deutete einladend auf die Polster und Sara und Daniel setzten sich.

„Wo ist Udo?", fragte Daniel.

„Hinten im Garten", sagte Jo und nickte zu einem der Fenster hinaus. „Wo bleibt eigentlich euer Fischkopf? Ich dachte, er wollte mitkommen."

„Er kommt nach. Heute Abend oder morgen", sagte Sara. „Willst du uns nicht endlich sagen, was du bist?", fragte Sara neugierig.

„Alles zu seiner Zeit", entgegnete Jo mit seinem verschwörerischen Lächeln. „Erst, wenn der Fischkopf da ist. Ich will schließlich nicht, dass er eingeschnappt ist, weil er denkt, wir hätten ihn vergessen. So lange müsst ihr euch noch gedulden."

Jo schlug ihnen eine Hausbesichtigung vor, die Sara und Daniel auch annahmen. Das Haus war genauso durcheinander eingerichtet wie schon das Kaminzimmer. Oder aber in den Räumen befanden sich überhaupt keine Möbel. Das Haus hatte zwei Etagen, ein Dachgeschoss und einen Keller. Im Erdgeschoss befanden sich nur die Eingangshalle, das Kaminzimmer, ein großes Esszimmer und eine Küche.

Im Obergeschoss gab es mehrere Schlafzimmer. Eines hatte Jo für sich eingerichtet, drei weitere waren für Sara, Daniel und Tobias provisorisch eingerichtet. Das Dachgeschoss, wo es noch mehr Schlafzimmer gab, war größtenteils mit Gerümpel zugestellt, das in keinen der Räume wirklich hineingepasst hatte. Der Keller jedoch war komplett leer geräumt, nur in einer Ecke stand ein Eimer mit Wasser und lag ein Haufen Stroh – Udos Schlafplatz. Die Kellerfenster waren vergittert, aber nicht verglast, und man konnte den Wasserstand im Graben erkennen.

„Was passiert, wenn das Wasser zu hoch steigt?", fragte Sara beim Blick aus den Fenstern.

„Dann läuft der Keller mit Wasser voll", sagte Jonathan.

Sara verdrehte die Augen.

„Und wenn du wegen Udo fragst", fuhr Jo fort, „ich glaube, Drachen können schwimmen. Schließlich haben sie auch Schuppen, wie Fische."

Nach einem Besuch bei Udo aßen sie in dem großen Esszimmer zu Abend und Jo erzählte ihnen, wie er zufällig dieses Haus gefunden und für seines erklärt hatte, weil sicher sonst niemand außer ihm hier wohnen mochte. Und bisher waren niemandem in der Umgebung die neu Zugezogenen aufgefallen.

Als die Sonne unterging, brachte Jo Udo zum Schlafen in den Keller und bald darauf begaben sich auch die Kinder in ihre Betten.

Nebenhandlung

Der Urlaub mit Dirk, Tobias' Vater, war angespannt und kein bisschen erholsam gewesen. Tobias hatte dem Ende der Woche schon immer hoffnungsvoller entgegengesehen. Zwar konnte er Jonathan nicht sonderlich leiden (wer wurde schon gerne unablässig als *Fischkopf* angesprochen?), aber zumindest könnte er Zeit mit Sara und Daniel verbringen und es würde allemal ausgelassener und fröhlicher sein als das hier.

Seit einem halben Jahr sah Dirk Tobias schief an, als wäre sein Sohn ein Schwerverbrecher, von dem er jede Minute das Schlimmste erwarten musste. Das Problem war nur, dass Tobias tatsächlich ein Mörder war. Er hatte seinen Onkel letzte Weihnachten in einem Fluss ertränkt. Seine einzige Rechtfertigung war, dass sein Onkel ihm zuvor angedroht hatte, Dirk umzubringen, wenn Tobias nicht mit ihm gegangen wäre. Und unter den Leuten des Flussvolkes gab es eigene Regeln.

Und obwohl Tobias es für seinen Vater getan hatte, konnte er nun die Mauer, die sich dadurch zwischen ihnen errichtet hatte, nicht mehr einreißen. Dafür war es längst zu spät, nach all den Lügen, mit denen er groß geworden war. Tobias war ein Necker, ein Flussmann, und Dirk ein ganz normaler Mensch. Daran ließ sich nichts ändern, und sie waren zu grundverschiedene Menschen, die nie wirklich miteinander auskommen würden.

Dirk hatte Tobias sicher eine Freude machen wollen, als er vorgeschlagen hatte, an einem See zu campen und ihm das Angeln beizubringen, aber es war einfach nur still und langweilig gewesen. Dirk fuhr nun mit dem Auto wieder nach Hause und Tobias versuchte, allein zu der Adresse zu gelangen, die Sara ihm gegeben hatte.

Der See wurde von einem Bach gespeist, der später in einen schmalen Fluss mündete. Diesem Fluss folgte er eine Weile zu Fuß. Schließlich, als er in einem Wald war und weit und breit niemand zu sehen war, verwandelte er sich in ein Pferd – eine der Fähigkeiten eines Neckers.

Als ein Hengst mit grünlichem Schweif und wallender Mähne galoppierte er am Fluss entlang. Am Abend, als die Sonne gleißend orange unterging, war der Fluss zu einem schmalen Rinnsal zusammengeschrumpft, das sich auch schließlich ganz unter der Erde verlor. Zurück in seiner menschlichen Gestalt ging Tobias in nordwestliche Richtung, bis er vor einer Mischung aus Schloss und Herrenhaus ankam. *Typisch Jonathan*, dachte Tobias. Wo könnte sich ein Verrückter sonst wohler fühlen?

Mit einem prüfenden Blick in den Wassergraben betrat er die Brücke und klopfte an die Eingangstür. Über ihm wurde ein Fenster geöffnet und ein Kopf reckte sich hinaus in die Dunkelheit.

„Wer ist dort?", fragte der Kopf mit Jonathans scheinheiliger Stimme, als wüsste er nicht ganz genau, wer es nur sein könnte.

„Ich, du Idiot!", rief Tobias hinauf und hoffte im selben Moment, dass Sara ihn nicht gehört hatte. „Lass mich rein."

„Aber Fische gehören doch in den Wassergraben", sagte Jonathan.

Mit einem Fingerschnippen von Tobias spritzte eine Ladung abgestandenen Wassers aus dem Graben hinauf. „Wenn du mich nicht reinlässt, flute ich dein Fenster", drohte Tobias.

„Oh je, ich hab ja ganz vergessen, wie gefährlich ihr Wasserkröten werden könnt", spottete Jonathan, doch er verschwand vom Fenster und machte kurz darauf die Tür auf.

Rätsel

Beim Frühstück saß Tobias mit am Tisch, weshalb Sara vermutete, dass er irgendwann mitten in der Nacht gekommen sein musste. Nach dem Essen setzten sie sich in das Kaminzimmer, denn endlich waren alle da und Jonathan konnte sein „großes Geheimnis" endlich preisgeben.

Er baute sich mit verschränkten Armen und breitem Grinsen vor den anderen auf und sagte: „Es wäre doch viel zu langweilig, wenn ich es euch einfach sagen würde."

Tobias verdrehte die Augen.

„Als ich meinen Großonkel endlich gefunden hatte, gab er mir ein altes, sehr altes Rätsel auf. Die Lösung gibt an, welcher Art von Waldgeist ich angehöre. Dasselbe Rätsel werde ich euch auch stellen. Ihr könnt jedes beliebige Hilfsmittel zur Lösung nutzen, aber ich sage euch gleich, dass es hier keinen Internetempfang gibt. Wenn ihr das Rätsel in fünf Tagen noch nicht gelöst habt, werde ich euch die Lösung verraten. Aber ihr habt dann verloren und es wäre eindeutig bewiesen, dass ich klüger bin als ihr, denn ich habe es in einer Stunde gelöst."

„Wie lautet das Rätsel?", fragte Daniel.

Jonathan schloss kurz die Augen, um sich besser an die Verse zu erinnern, dann sagte er:

„Im Frühling geht die Sonne unter,
Veilchenduft strömt durch die Luft.
Purpurrot und Violett,
Hesperis kennt das Geheimnis.

Die kleine Glocke läutet,
von Feen und Elfen getragen
wird die Campanula,
helllila bis blauviolett.

Bekämpfen sich bis auf den Tod.
Die eine ist schwarz, die andere weiß.
Im Walde, zum Juni
begegnen sie sich
und kämpfen bis Juli bitterlich."

Fast eine Minute lang herrschte Stille im Raum, dann fragte Tobias: „Bist du dir sicher, dass du das nicht selbst geschrieben hast, so schlecht, wie das klang?"

Jonathan schnitt eine Grimasse zur Antwort.

„Das soll das ganze Rätsel gewesen sein?", fragte Daniel.

„Ja."

„Und weiter nichts?"

„Nein."

„Und wie sollen wir das bitte lösen?", fragte Tobias. „Es klang kein bisschen logisch."

„Denk dir etwas aus", sagte Jonathan. „Wenn ihr es am Abend des fünften Tages noch nicht geschafft habt, bin ich der Gewinner und ihr seid die Verlierer. Es ist nur ein Spiel. Auf dem Dachboden habe ich jede Menge Lexika und Bücher, die ihr benutzen könnt. Viel Glück."

„Wozu sollen wir das Rätsel überhaupt lösen?", fragte Tobias. „Es kann uns doch egal sein, ob Jonathan uns auslacht oder nicht."

„Komm schon", sagte Daniel. „Es steht doch nichts auf dem Spiel, aber je früher wir anfangen, desto eher wissen wir auch die Lösung. Außerdem sind wir doch im Grunde nur deswegen gekommen."

„Als ob wir nicht in der Schule schon genug dumme Aufgaben lösen müssten. Und jetzt sind Ferien", maulte Tobis. Sara warf ihm einen bösen Blick zu und begann, laut Überlegungen anzustellen, um jeglichen Streit im Keim zu ersticken.

„Wir müssen die Strophen einzeln durchgehen. Wie ging noch mal die erste Zeile?"

„*Im Frühling geht die Sonne unter*", sagte Daniel.

„Das ist seltsam", bemerkte Tobias. „Die Sonne geht doch immer unter, nicht nur im Frühling."

Sara zuckte die Schultern. „*Veilchenduft strömt durch die Luft* klingt erst mal genauso sinnlos."

„Aber *Hesperis* klingt wie ein Name. Das ist bestimmt wichtig, denn *Hesperis kennt das Geheimnis*", sagte Daniel.

„Also müssen wir zuerst herausfinden, wer Hesperis ist?", fragte Sara. „Es wäre zumindest ein Anfang."

„Wenn *Hesperis* ein Name ist", überlegte Tobias weiter, „dann bestimmt auch *Campanula*. Das ergibt auch Sinn, denn diese beiden *bekämpfen sich bis auf den Tod.*"

„Aber wie sollen wir nur dadurch herausfinden, was für ein Waldgeist Jonathan ist?", fragte Daniel.

„Vielleicht sind es irgendwelche wichtigen Persönlichkeiten dieser Gattung?", rätselte Sara. „Aber dazu müssen wir mehr über diese Namen herausfinden, um das zu verstehen."

„Also suchen wir in Jonathans Büchern?", fragte Tobias.

„Uns bleibt nichts anderes übrig, wenn wir das Rätsel lösen wollen", meinte Sara.

Sie stiegen hinauf ins Dachgeschoss, wo Kisten über Kisten mit alten, verstaubten Büchern standen.

„Und die sollen wir alle durchsuchen?", fragte Daniel entgeistert, obwohl er sonst Bücher mochte.

Sie öffneten die erste Kiste und suchten Bücher über die verschiedenen Waldgeistarten heraus, von denen es hier neben Western-Romanen am meisten zu geben schien. In mühseliger Arbeit durchforsteten sie die Register, auf der Suche nach einem der beiden Namen. Am Abend hatten sie vier Kisten fertig, aber noch mehr als die doppelte Anzahl vor sich, und bis jetzt hatten sie nichts gefunden.

Beim Abendessen witzelte Jonathan herum und es schien, als würde er sich schon sehr auf ihre Niederlage freuen. Am darauffolgenden Tag suchten sie weiter, doch bis zum dritten Tag fanden sie nichts. Trotzdem suchten sie noch unermüdlich weiter und gönnten sich nur einige Pausen, um etwas zu essen oder Udo ein paar Besuche abzustatten. Jonathans immer breiter werdendes Lächeln spornte sie umso mehr an.

Nach dem Mittagessen des vierten Tages suchten sie zunächst nicht in den Büchern weiter, sondern konzentrierten sich auf die übrigen Zeilen des Rätsels.

„In der zweiten Strophe ist von Feen und Elfen die Rede. Vielleicht geht es nur darum, welches von beidem er ist?", schlug Daniel vor.

Tobias schnaubte vor Lachen. „Jonathan und eine Fee? Das scheint das Einzige zu sein, das wir todsicher ausschließen können."

„Außerdem hätte man sich doch dann alle übrigen Strophen sparen können", warf Sara ein.

„Nicht, wenn darin die Hinweise stecken", verteidigte Daniel seinen Einfall.

„Das bringt uns aber alles nicht weiter", rief Tobias. „Wir vermuten dauernd etwas anderes, aber das bringt uns auch nicht voran. Ich glaube, das sind alles nur sinnlose Sätze, die Jonathan sich ausgedacht hat, um uns an der Nase herumzuführen. Genauso gut hätte er uns auftragen können, den Sinn des Bi-Ba-Butzemannes zu ergründen."

„Das stimmt nicht", sagte Jonathan, der gerade in dem Moment den Raum betreten hatte. „Erstens habe ich es mir nicht ausgedacht und zweitens ergibt es wirklich einen Sinn. Aber anscheinend seid ihr einfach zu dumm, um es herauszufinden ...", seufzte er gespielt bedauernd.

„Das gefällt dir wohl, dass wir so dumm sind, was?", fuhr Tobias ihn wütend an.

„Wozu hast du uns überhaupt hierher eingeladen, wenn du uns nur runtermachen willst?" Ohne eine Antwort abzuwarten, stürmte er aus dem Kaminzimmer.

„Ist der immer so schnell beleidigt?", fragte Jo unbeeindruckt.

„Er regt sich nur schnell auf", sagte Sara. „Aber er kriegt sich schon wieder ein, irgendwann."

Jonathan zuckte mit den Schultern. „Trotzdem noch viel Glück beim Lösen des Rätsels", sagte er und verließ ebenfalls das Kaminzimmer.

Zwischenspiel

„In letzter Zeit ist es so ruhig", stellte Estejek fest.

„Das ist mir nur recht", sagte Marates.

„Jaftalak scheint wieder ganz der Alte zu sein", bemerkte auch Eneroi.

„Und Nereida hat seit der Akademie keinen Unsinn mehr angestellt. Sie war noch nicht mal in irgendwelche Abenteuer verstrickt", ergänzte Estejek.

„Mmmh", machte Fularek. „Das ist doch irgendwie seltsam, oder? Findet ihr nicht auch, dass da irgendwas nicht stimmen kann?"

„Mmmh", stimmten die drei anderen ihm nachdenklich zu.

„Und der Junge ist auch seltsam", fuhr Fularek fort. „Wer ist das überhaupt?"

„Das ist der Junge, der damals bei der Werwolf-Geschichte aufgetaucht ist", erklärte Marates.

„Und derselbe Typ, der Nereida später Probleme bei der Akademie bereitet hat", ergänzte Estejek.

„Das weiß ich", sagte Fularek. „Ich meinte eher, *was* er ist, wenn ihr versteht, was ich meine."

„Stimmt. Der Kerl ist seltsam", sagte Eneroi.

„Nicht einmal ich konnte herausfinden, was es mit ihm auf sich hat", sagte Marates bedauernd. „Dieses Rätsel … das ist auch seltsam. Warum ist Nereida nicht auf die Idee gekommen, einfach seine Gedanken zu lesen?"

„Vielleicht ist sie einfach nicht so schlau, wie ihr alle denkt", sagte Jaftalak, der gerade die Höhle des Rates betreten hatte. „Aber das ist ja auch egal. Meio will etwas mit dir besprechen, Marates."

„Worum geht es denn?", fragte Marates.

„Das wollte er mir nicht sagen. Da musst du schon selbst zu ihm gehen."

„Dann mach ich mich mal besser auf den Weg, wenn es so wichtig ist", sagte Marates und verschwand innerhalb eines Augenzwinkerns aus der Höhle.

„Und wir beobachten weiter unsere Lieblingssíth", sagte Estejek.

„Nereida kannst du damit nicht gemeint haben. Sie ist keine Síth."

„Vielleicht hat sich Jaftalak doch nicht verändert", sagte Eneroi leise.

Noch ein Zwischenspiel

Marates betrat die Höhle und ging einen Gang entlang, der schließlich zu mehreren Türen abzweigte. Er nahm die in der Mitte und ging, ohne anzuklopfen, hinein.

„Was willst du so Wichtiges mit mir besprechen?", fragte Marates den alten Mann, der in der Mitte des Raumes an einem Tisch saß.

„Setz dich bitte erst mal, Marates", forderte Meio, der Oberste Lehrer der Wächter-Akademie, ihn auf.

Marates setzte sich ihm gegenüber hin und wartete, bis der andere wieder zu sprechen begann.

„Ich will, dass ein neues Gesetz aufgesetzt wird, damit ab sofort auch Halbsíth an der Akademie aufgenommen werden", sagte Meio.

„Hast du das schon mit den übrigen Lehrern besprochen?", fragte Marates. „Wir beide können das nicht allein entscheiden."

„Aber du hast Einfluss auf die anderen und ich weiß, dass du auch dafür bist. Wir müssen es nur noch in aller Form beschließen und öffentlich machen."

Marates nickte. „Ich werde mich darum kümmern, dass wir möglichst bald alles dafür in die Wege leiten. Was hat Catarina dazu gesagt?"

„Na ja … sie wird in ungefähr zehn Minuten hier sein und dann könntest du …"

„Ich soll es ihr erzählen?", fragte Marates. „Wieso hast du das noch nicht gemacht?"

„Wenn sie denkt, dass die Idee von dir kommt, lässt sie sich doch viel schneller überzeugen."

„Denkst du wirklich, sie könnte dagegen sein?", fragte Marates unsicher.

„Sie ist deine Frau, du solltest sie eigentlich besser einschätzen können. Aber nach der ganzen Sache mit Nereida ... Ich denke, es könnte schwer werden, sie von der positiven Seite zu überzeugen."

„Mir fällt wieder die Aufgabe zu, Catarina für unsere Sache zu gewinnen ..."

„Für was sollst du mich gewinnen?", fragte die Frau mit dem blonden gewellten Haar, die in diesem Moment den Höhlenraum betreten hatte.

Nebenhandlung

Tobias war fast den gleichen Weg zu-
rückgestürmt, den er auch vor einigen Tagen
gekommen war. Leicht atemlos stand er an
dem Bächlein im Wald. Er ließ sich auf dem
moosbewachsenen Waldboden nieder und
blickte ins Wasser. Kleine silberne Fischchen
schwammen am Grund. Als Tobias die Hand
ins Wasser hielt, kamen sie zu ihm geschwom-
men. Obwohl Tobias wütend und aufgeregt
war, blieb heute das Wasser ganz ruhig. Sonst
warf es normalerweise hohe Wellen und Fon-
tänen, wenn er aufgebracht war. Aber etwas
an diesem Wald war eigenartig. Es war toten-
still, kein Vogel sang. Tobias sah sich unruhig
um. Er hätte nicht gleich wieder ausrasten dür-
fen, auch wenn Jonathan ein Idiot war. Er kam
sich selbst deswegen blöd vor, dass er wieder

einmal überreagiert hatte. Am besten, er ginge gleich wieder zurück. Tobias stand auf und wollte gehen.

Etwas raschelte im Gebüsch. War Sara ihm gefolgt? Es raschelte wieder.

„Wer ist da?", rief Tobias ein wenig beunruhigt.

Die einzige Antwort war ein weiteres Rascheln. Dann ein Knurren.

Tobias wich rückwärts vom Unterholz zurück. Dann sprang etwas auf ihn zu.

Das Etwas war geschätzt zwei Meter lang, einen Meter hoch und hatte drei Köpfe.

Das Wesen drückte Tobias mit mächtigen Tatzen zu Boden. Der mittlere der Köpfe, der eines Löwen, knurrte erneut und bleckte die gewaltigen Fangzähne. Tobias versuchte, das Geschöpf von sich wegzustoßen, doch es war viel zu schwer. Der linke Kopf züngelte, denn es war der einer Schlange. Der rechte Kopf, eine Ziege, spie Feuer, das das Moos neben Tobias' Kopf versengte.

Tobias versuchte, unter dem Tier hervorzukriechen, doch auch dafür reichte seine Kraft nicht aus. Die Schlange stieß nach vorne und versuchte, nach ihm zu schnappen, aber Tobias riss schnell genug seinen Kopf zur Seite und die Schlange verfehlte ihn knapp. Tobias rief um Hilfe, obwohl er nicht erwartete, dass jemand ihn hören konnte.

Die Ziege blökte und spie dabei Feuer und der Löwe riss wieder sein Maul auf. Tobias schlug wild um sich, doch das schien das Biest nicht zu stören.

Allem Anschein nach war das Geschöpf eine Chimäre. Das Gift der Schlange war lähmend, der Biss des Löwen tödlich, das Feuer der Ziege verbrannte alles. Am liebsten fraßen Chimären Menschenfleisch. Allein war es ihm unmöglich, sie zu besiegen. Sie würde ihn mit wenigen Bissen verschlingen.

Tobias betete zu allen Wasser- und Flussgeistern, die er kannte, dass irgendjemand seine Hilferufe vernommen hatte.

Hinter Tobias knackte es im Unterholz und er fragte sich, ob Chimären in Rudeln lebten. Vielleicht würden sich die Monster auch gegenseitig zerfleischen und ihn in Ruhe lassen, dachte Tobias bitter. Doch es war etwas anderes dort im Unterholz. Die Geräusche waren zu leise für ein zwei Meter langes Geschöpf. Vielleicht hatte doch jemand seine Gebete erhört.

Ein dicker Holzknüppel wurde auf den Löwenkopf geschlagen. Das Tier jaulte auf und sprang zur Seite, um sich dem neuen Feind zuzuwenden. Die Zeit nutzte Tobias, um sich aufzurappeln, und sah dann mit Erstaunen seinen Verteidiger. Es war Jonathan, der mit einem stumpfen Holzknüppel abwechselnd auf die verschiedenen Köpfe der Kreatur einschlug.

„Steh nicht rum, sondern hilf mir lieber", japste er zwischen zwei Schlägen, ganz außer Atem von seinen Ausweichmanövern. Tobias hob auch einen dicken Ast vom Boden auf und schlug damit nach der Chimäre. Immer wieder versuchte sie, nach den Jungen zu schnappen, und Jonathan und Tobias mussten hin und her rennen, um ihr auszuweichen. Schließlich versetzte Jonathan der Chimäre einen so kräftigen Schlag, dass sie ins Taumeln geriet. Jonathan nutzte diesen Moment, um gleich noch einen weiteren Schlag auf den Löwenkopf auszuführen. Etwas knackte laut und eine Sekunde lang war sich Tobias nicht sicher, ob es von Jonathans Knüppel oder dem Löwenschädel herrührte. Dann ging die Chimäre in die Knie und kippte zur Seite um. Nur der Schlangen- und der Ziegenkopf zuckten noch und schließlich hörte auch das auf.

„Du hast ihr den Schädel gebrochen", flüsterte Tobias, als könne er das Tier mit zu lautem Reden wieder aufwecken. „Aber das ist unmöglich ..."

Jonathan kniete sich neben die Chimäre und hielt die flache Hand vor die Löwennase.

„Es atmet nicht mehr", stellte er fest.

Tobias betrachtete den morschen Holzknüppel, mit dem Jonathan gekämpft hatte.

„Das ist unmöglich", wiederholte er. „Du kannst damit unmöglich das Vieh besiegt haben."

„Hab ich aber", sagte Jonathan.

„Du hast mir das Leben gerettet", stellte Tobias nicht unbedingt erfreut fest.

„Fällt dir ja zeitig auf."

„Ich schulde dir etwas."

„Darauf kann ich gerade noch verzichten", meinte Jonathan, der wieder ganz sein ironisches Selbst war.

„Ich auch. Ich schulde niemandem gerne etwas, und dir ganz besonders ungern." Nach kurzem Zögern fragte er: „Was hast du überhaupt hier gemacht? Bist du mir gefolgt?"

„Das klingt ja sehr erfreut. Ja, ich bin dir gefolgt. Ich wollte dich warnen, dass dieser Wald nicht gerade ungefährlich ist. Mittlerweile könntest du das aber auch selbst bemerkt haben."

Tobias nickte. „Am besten, wir verschwinden hier so schnell wie möglich, bevor noch etwas passiert."

„Vorher solltest du dich vielleicht noch waschen", schlug Jonathan vor.

Tobias sah an seinen Armen hinunter. Sie waren mit Schürfwunden und Krallenspuren übersät. Jonathan sah nicht viel besser aus und sie wuschen sich beide im Bach, bis der gröbste Schmutz verschwunden war.

„Hast du deine Narbe auch so einem Biest zu verdanken?", fragte Tobias.

Jonathan strich sich über die kleine Narbe, die wie eine Träne unter seinem linken Auge verlief.

„Nein, die hab ich woanders her." Mehr Worte verlor er darüber nicht.

Während sie zügig den Wald durchquerten, sprach keiner von beiden. Erst als sie kurz vor Jonathans Haus waren, sagte Tobias: „Erzähl Sara nichts davon."

„Wieso nicht?"

„Tu's einfach nicht."

Jonathan gab keine Einwilligung, aber er hielt sein Wort.

Als sie das Kaminzimmer betraten, drehte Sara sich zu ihnen um und war anscheinend erstaunt, sie beide zu sehen. Mit wem von beiden hatte sie eher gerechnet?

„Was ist denn mit euch passiert?", fragte sie entgeistert.

Tobias sah an seinen wunden Armen hinab, dann sah er Jonathan an. Jonathan antwortete für sie beide: „Das Gestrüpp im Wald ist ganz schön dicht. Man kann sich dort leicht an spitzen Ästen verletzen oder verlaufen. Besonders, wenn es schon dunkel ist."

Sara schien sich mit den vagen Antworten zu begnügen und konzentrierte sich wieder auf das Buch, in dem sie geblättert hatte.

Zwischenspiel

„Meine *und* Meios Idee war es, auch Halbsíth in die Akademie aufzunehmen, nachdem der Test mit Nereida geglückt ist", erklärte Marates. „Doch dazu bräuchten wir auch noch deine Zustimmung."

„Ich bin nicht dafür", sagte Catarina und ihre Worte klangen wie das kalte Eisen eines Schwertes. „Nereida war ein Sonderfall. Kein anderer Halbsíth kann solch eine Leistung vollbringen. Und außerdem haben wir schon genug Schüler. Jedes Jahr können nur acht von ihnen aufgenommen werden. Mehr geht …"

Marates unterbrach sie: „Es werden natürlich nach wie vor die reinen Síth bevorzugt aufgenommen, aber wenn es besonders vielversprechende Halbsíth gibt, können wir sie aufnehmen und wir können sicherlich die Schülerzahl auf zehn erhöhen …"

Diesmal fuhr Catarina ihm ins Wort: „Das ist alles viel zu aufwendig. Wir fahren so fort, wie immer, wie es sich all die Jahre bewährt hat. Keine neuen Regeln!"

„Aber, Catarina!", rief Marates aus.

„Nichts mit ‚Aber Catarina'. Nereida war ein Sonderfall. So etwas wird es nicht noch mal geben. Erinnere dich an die Anfangswochen, wie viele Probleme sie uns bereitet hat. Und du wirst es nie schaffen, den ganzen Rat zu überzeugen."

„Bitte, Catarina! Es wird schon gut gehen", flehte nun auch Meio.

Catarina lachte bitter auf. „Also schön! Es soll eine weitere Abstimmung stattfinden. Der Rat und die Lehrer sind daran beteiligt und wenn die Mehrheit dafür ist, nun gut, dann soll es so sein."

Meio und Marates sahen sich an, dann nickten sie zustimmend.

Blumen

Der fünfte Tag, den sie bei Jonathan verbrachten, war angebrochen. Der letzte Tag, um das Rätsel zu lösen.

Daniel und Sara waren erschöpft vom vielen Herumblättern und Tobias hatte auch keinerlei Lust mehr, nach der Begegnung mit der Chimäre weiterzusuchen.

Sie wollten den letzten Tag verstreichen lassen und bis zum Abend warten, wenn Jonathan ihnen endlich die Lösung verraten würde. Um die verbleibende Zeit totzuschlagen, wollten Daniel und Tobias das winzige Dorf hinter dem Kornfeld erkunden. Bevor sie aufbrachen, gingen sie zu dem Zimmer, das Sara bewohnte, und klopften an.

„Ja, was ist denn?", fragte Sara von drinnen.

„Wir gehen zum Dorf. Willst du mitkommen?", rief Tobias durch die Tür.

Einen Moment blieb es still, dann antwortete Sara: „Nein, ich hab Kopfschmerzen. Ich glaub, ich leg mich noch mal hin."

„Okay, dann gehen wir allein. Wir sind spätestens heute Abend zurück", sagte Daniel.

Sara legte sich wieder auf ihr Bett und drückte die Hände auf die Schläfen, um die Kopfschmerzen zu mindern. Vielleicht hätte die frische Luft ihr gutgetan, aber jetzt war es zu spät, um den beiden noch zu folgen. Stattdessen ging Sara auf den Hinterhof des Schlösschens und besuchte Udo, der wie immer dort saß und ein Sonnenbad nahm. Nach einer Weile ging Sara ins Haus zurück. Von Jo war nirgends etwas zu sehen. Vielleicht war er auch mit den beiden anderen Jungen mitgegangen, um den Fremdenführer zu spielen.

Dann stieg Sara ins Dachgeschoss hinauf. Sie wollte sich ein Buch zum Lesen suchen. Kein Lexikon, sondern einen richtigen Roman. Sara durchstöberte mehrere der Bücherkisten

mit Lexika und Wildwestromanen, ehe ihr ein
Buch mit dem Titel *Blumensprache* in die Hand
fiel. Es war ein Bildband, den sie als perfekt
zum Zeittotschlagen einschätzte, ohne viel
nachdenken zu müssen. Zurück in ihrem Zimmer, setzte sie sich aufs Bett und begann, das
Buch durchzublättern.

Jeweils auf einer Seite des Buches befand
sich ein großes Foto der Blume und auf der gegenüberliegenden ein kurzer Text dazu. Die
Bilder waren wunderschön anzusehen und
eindeutig von einem begabten Fotografen aufgenommen worden. Die Textseiten waren jedes Mal nach dem gleichen Schema aufgebaut:
der lateinische Name der Pflanze, darunter der
deutsche Name, eine Beschreibung der
Pflanze, wo sie wuchs und meistens noch etwas Wissenswertes.

In gewisser Weise war es doch so eine
Art Lexikon, aber Sara gefielen die Bilder
trotzdem. Nachdem sie sich alle 50 Fotos ange-

sehen hatte und Daniel und Tobias noch immer nicht zurück waren, begann sie, auch die Texte zu lesen.

Allium oleraceum, Aconitum vulperia, Aristolochia clematitis, Betonica officinalis, Buphthalmum salicifolium, Cardamine pratensis, Centaurea jacea, Cephalanthera rubra, Campanula patula, Daphne mezereum, …

Moment!

Hatte dort nicht Campanula gestanden? War das nicht derselbe Name wie in dem Rätsel?

Sara las sich den Steckbrief der *Campanula patula* noch einmal genauer durch. „Die Wiesen-Glockenblume; 3 bis 11 Blüten; helllila bis blauviolett; Blütezeit von Mai bis Juli."

Das war noch etwas aus dem Rätselgedicht! Ging es dort um diese Pflanze? Doch was bedeutete „von Feen und Elfen getragen"?

Sara las weiter: „Gehört zu der Familie der Glockenblumengewächse. In Märchen werden Feen und Elfen häufig mit Glockenblumen als Kopfbedeckung dargestellt."

Von Feen und Elfen getragen? Vielleicht war damit gemeint, dass sie die Blumen *auf dem Kopf* trugen. Sie schien tatsächlich auf der richtigen Spur zu sein. Vielleicht schaffte sie es sogar noch, das Rätsel zu lösen, bevor Daniel und Tobias zurückkamen. Dann würde sie alle damit überraschen können. Jonathan erwartete bestimmt nicht mehr, dass es ihr rechtzeitig gelang.

Sara war schon klar geworden, dass es in der zweiten Strophe um die Glockenblume ging. In der ersten Strophe kam der Name Hesperis vor. Sara überflog noch einmal die Buchseiten und hielt diesmal Ausschau nach dem zweiten Namen. Sie fand tatsächlich eine *Hesperis matronalis* – die Gewöhnliche Nachtviole.

Sara las sich wieder den Steckbrief durch: „Blüten in Trauben; purpurrot, lila oder violett; Blütezeit von April bis Juli. Die Blüten öffnen sich abends zwischen 19 und 20 Uhr und verströmen einen intensiven Veilchenduft."

Demnach wurden in den ersten beiden Strophen des Gedichts nur die Blumen, um die es ging, beschrieben. Die eigentliche Lösung musste in der letzten Strophe verborgen liegen. Jetzt musste Sara versuchen, jede Zeile einzeln zu übersetzen.

Bekämpfen sich bis auf den Tod

Das schien wieder so unnütz wie die im Frühling aufgehende Sonne. Aber auch das hatte letztendlich etwas zu bedeuten. Die Hinweise mussten sie zu irgendeiner Waldgeistart führen.

Zwei Blumen bekämpfen sich bis auf den Tod.

Die eine ist schwarz, die andere weiß

Aber beide Blumen waren doch lila! Was sollte das alles?! Sara war kurz vor dem Verzweifeln. Mehr denn je schien es ihr, als hätte das Rätsel gar keine Lösung, als wollte Jonathan sie wirklich nur an der Nase herumführen.

Im Walde, zum Juni begegnen sie sich

Das bezog sich wieder nur auf die Blumen. Auch *und kämpfen bis Juli bitterlich* hatte etwas mit der Blütezeit zu tun.

Und überhaupt: Blumen, die miteinander kämpften! Sollte es so was wirklich geben?

Sara hatte schon mal davon gehört, dass sich Blumen gegenseitig erwürgen konnten, verschlingen … Konnte das mit Kämpfen gemeint sein?

„Das ergibt keinen Sinn", murmelte Sara laut vor sich hin. „Es geht um Blumen. Ich muss nach Waldgeistern suchen, die etwas mit Blumen zu tun haben."

Sie ging erneut zum Dachboden hinauf und diesmal suchte sie wieder nach Büchern über Waldgeister. Ihr blieb nichts anderes übrig, als alle Gattungen durchzuschauen.

Dutzende Seiten über Feen und Nixen … Aber nichts hatte etwas mit diesen Blumen zu tun.

In seinem Brief hatte Jonathan außerdem geschrieben, dass er niemand vom Wasservolk war. Damit fielen Necker, Meermänner und alle walisischen Seeelben schon gleich aus. Trotzdem konnte es noch Stunden bis Tage dauern, bis sie das Richtige hier fand.

Ihr Vater hatte ihr und Daniel zwar allerhand über die verschiedenen Wesen berichtet und auch an der Wächter-Akademie hatten sie dieses Thema eine Zeit lang behandelt, aber es gab viel zu viele Arten, um je alle zu kennen.

Frustriert warf Sara das Buch gegen die Dachschräge. Es prallte ab und landete mit einem dumpfen Aufschlag auf dem Boden. Sara bereute ihre Tat sofort, schließlich gehörte das Buch Jonathan und in wenigen Stunden würde er ihnen sowieso die Antwort verraten. Aber Sara hatte sich so gefreut, wenigstens einen Teil des Rätsels vor allen anderen lösen zu können.

Sie ging zur Wand und hob das Buch wieder auf. Bei seiner Landung auf dem Boden, waren die Seiten verblättert und das Buch hatte sich selbstständig auf Seite 94/95 aufgeschlagen. In großen schwarzen Lettern sprang Sara das Wort „Kobolde" an.

Sara setzte sich auf eine der Bücherkisten. Von Kobolden hatte weder ihr Vater noch Meio auf der Akademie etwas erzählt. Aus reinem Interesse begann sie, den Eintrag zu lesen.

„Ursprünglich eine Bezeichnung für kleinwüchsige Hausgeister, die gerne ihren Schabernack mit den Hausbewohnern treiben …" Sara übersprang einen Absatz über die Hausgeister, bis der Text wieder interessanter zu werden schien.

„Nach der heutigen Einteilung sind die Kobolde eher mit den Elben verwandt und unterscheiden sich nicht sonderlich von diesen oder gewöhnlichen Menschen. Jedoch weisen alle Kobolde ein äußerst auffälliges Muttermal oder eine Narbe auf. Noch immer erlauben sie sich gerne Späße und führen Menschen an der Nase herum. Doch haben alle Kobolde auch eine dunkle Seite, die sie nicht beherrschen können und die häufig unberechenbar zum

Vorschein tritt. Wieso es zu solchen Wutausbrüchen kommt, ist nicht einmal den Kobolden selbst ganz bewusst. Laut alten Erzählungen handelt es sich bei dem folgenden Gedicht um eine Botschaft, die sich die Kobolde untereinander weitergeben und die als eine Zauberformel zur Bekämpfung des bösen Kobolds gehandelt wird.

Im Frühling geht die Sonne unter,
Veilchenduft liegt in der Luft.
Purpurrot und Violett,
Hesperis kennt das Geheimnis.

Die kleine Glocke läutet,
Von Feen und Elfen getragen
wird die Campanula,
helllila bis blauviolett.

Bekämpfen sich bis auf den Tod.
Die eine ist schwarz, die andere weiß.
Im Walde, zum Juni
begegnen sie sich
und kämpfen bis Juli bitterlich.

Die Seelen des Lumpenkönigs sind zerrissen.
Nur er kann sie zusammenhalten.
Wenn er seine Bestimmung findet
und nicht länger sucht.

In dem Gedicht ist von zwei Blumen die Rede, die die beiden Seiten des Kobolds darstellen, jedoch ist nicht klar ersichtlich, welche Blume für welche Seite steht. Der Begriff ‚Lumpenkönig' ist eine Bezeichnung, wie die Kobolde sich selbst nennen, da sie schon immer ein ruheloses, wildes und meistens nomadenartiges Volk gewesen sind. Wechselbälger wiederum sind …"

Sara hörte auf zu lesen. Jetzt passte alles zusammen. Und das Gedicht war die eindeutige Bestätigung.

Sie presste das Buch mit den Beweisen an die Brust und rannte die Treppe herunter. Wo blieben nur Tobias und Daniel? Sie wollte ihnen unbedingt mitteilen, was sie herausgefunden hatte.

„Wieso rennst du denn wie ein verrückt gewordener Eber durchs Haus?", fragte eine Stimme hinter ihr.

Sara bremste abrupt ab und drehte sich um. Jonathan lehnte sich aus seiner Zimmertür heraus.

„Wieso grinst du denn so?", fragte er und lächelte ebenfalls.

„Sind Daniel und Tobias schon zurück?", fragte Sara.

„Ich glaube, nicht. Aber wir können runtergehen und nachsehen, ob sie vielleicht im Kaminzimmer sitzen."

Sara nickte und gemeinsam stiegen sie die große Treppe hinunter.

Nebenhandlung

Tobias und Daniel kannten mittlerweile jede Straße des Dorfes und es gab auch kaum mehr als zehn Häuser. Sie hatten sich nur noch nicht so bald wieder auf den Rückweg machen wollen, damit sich der lange Weg gelohnt hatte. Stattdessen hatten sie sich an einen schilfbewachsenen Teich gesetzt und ins trübe Wasser geblickt. Aber nachdem sich die Sonne immer weiter dem Horizont näherte, und sie jeden Goldfisch beim Namen kannten, wollten sie doch zurückgehen. Schließlich war es so gut wie Abend und da hatte Jonathan sein Rätselgeheimnis offenbaren wollen. Sie gingen den Feldweg entlang, der um das Kornfeld herumführte und dadurch die Strecke viel länger machte, als es per Luftlinie aussah.

Irgendwann hatte es hier mal sehr stark geregnet und es hatten sich regelrechte Seen gebildet. Das Wasser in den Pfützen war mittlerweile zwar verdunstet, aber große Erdkuhlen und Risse waren zurückgeblieben. Über den Rand einer solchen Erdvertiefung stolperte Daniel, verknotete sich die Beine, als er versuchte, sein Gleichgewicht zu halten, und knickte beim Landen mit dem Fuß um.

Tobias sah ihn erstaunt an. „Was war denn das für eine Akrobatik?"

„Ich bin gestolpert. Hast du so was noch nie gesehen?", fragte Daniel ironisch und noch immer im Schlamm sitzend.

„Doch, schon. Aber so, wie du mit den Armen gerudert hast, dachte ich, du würdest jeden Moment abheben", sagte Tobias grinsend.

„Wirklich sehr lustig!" Daniel versuchte, sich wieder aufzurappeln. Als er den Fuß aufsetzte, fiel er sofort mit schmerzverzerrtem Gesicht wieder auf den Boden.

„Was ist?", fragte Tobias.

„Mein Knöchel … Ich kann nicht richtig auftreten", sagte Daniel zwischen schmal zusammengepressten Lippen.

„Also kannst du nicht weiterlaufen?", fragte Tobias.

Daniel bedachte ihn mit einem Blick, der so viel besagte wie: „Nein, aber ich fliege jetzt einfach durch die Luft!" Aber er sagte nur: „Wenn du mir aufhilfst und mich beim Laufen stützt, geht es vielleicht."

„Nein, bleib du hier und ich laufe vor und hole Jonathan und Sara. Vielleicht können die dich auf Udo schneller wegkriegen."

Daniel nickte nach kurzem Zögern. „Gut. Ich warte auf euch. Aber lass dir nicht zu viel Zeit. Ich habe keine Lust, hier allein in der Dunkelheit zu sitzen."

Zwischenspiel

Die fünf Männer des Rates und die vier Lehrer der Wächter-Akademie saßen im Versammlungsraum, der sich in einer der unterirdischen Höhlen der Akademie befand.

Catarina erklärte, worum es ging, und vergaß auch nicht zu erwähnen, dass die Idee keinesfalls von ihr, sondern von Marates und Meio stammte.

„Eine Abstimmung soll darüber entscheiden, ob wir diese neue Regelung einführen oder nicht. Jeder hat eine Stimme", endete Catarina mit ihrem Bericht.

„Wer ist dafür?", fragte Meio und hob gleich dabei die eigene Hand. Auch Marates, Estejek und Fularek hoben die Arme.

„Und wer dagegen?", rief Meio.

Jaftalak, Eneroi, Iba und zuletzt auch Catarina meldeten sich.

„Für welche Seite bist du, Loy?", fragte Marates.

„Ich bin mir nicht sicher. Einerseits finde ich es natürlich gut, dass auch Halbsíth eine Chance erhalten sollen, doch wissen wir auch alle, dass neue Regeln immer neue Probleme mit sich führen. Es wird dann nicht bei dieser einen Diskussion bleiben."

„Deine Stimme ist die entscheidende", sagte Marates. „Und denk dran, dass wir letztes Jahr *zwei* Halbsíth auf Probe hier hatten und beide die Prüfung mit *sehr gut* abschlossen."

„Also gut, ich bin auch dafür", sagte Loy.

Marates und Meio lächelten zufrieden. Jaftalak fluchte. Schließlich schien aber auch Catarina mit dem Ergebnis zufrieden zu sein.

„Loy, gib Yolanda und Yale Bescheid, dass sie das neue Gesetz unter den Síth verbreiten sollen. Die beiden bewachen gerade die *Teorainn Thoir* und müssten am schnellsten von hier aus erreichbar sein", trug Marates auf.

Als Loy hinausgeeilt war, verkündete Marates: „Und da jetzt alles geklärt wäre und wir noch in dieser Runde zusammensitzen, könnten wir doch auch gleich noch etwas essen. Ich kenne da einen Pizzalieferanten, der …"

„Keine Pizza!", rief Catarina dazwischen. „Das ist doch kein vernünftiges Essen."

„Und was sollen wir dann essen?", fragte Fularek.

„Sushi schmeckt ziemlich gut", meinte Catarina.

„Bloß keinen Fisch!", rief Marates.

„Wieso nicht? Das ist doch fast dasselbe wie Thunfischpizza", stellte Estejek fest.

Alle riefen durcheinander, es fielen Worte wie „Abstimmung!", während Catarina den Fisch bestellte.

Die Höhle des Rates war verlassen. Keiner bekam das rote Blinken der Kristallschale mit. Keiner war da, als der Notruf eintraf.

Kobold

Jonathan und Sara saßen auf den Sofas im Kaminzimmer und warteten.

Jonathan sah auf seine Armbanduhr und blickte dann aus dem Fenster hinaus.

„Es wird schon dunkel."

„Langsam mach ich mir wirklich Sorgen um die beiden. Wo können sie nur sein?", fragte Sara und sah ebenfalls nervös aus dem Fenster.

„Hoffentlich sind sie nicht in den Boneswood gegangen", bemerkte Jonathan.

„Boneswood? Du meinst, der Wald hier nebenan ist der Boneswood?", fragte Sara erschrocken. „Der Wald, in dem Tobias gestern war und aus dem er mit lauter Wunden zurückkam, die angeblich von *spitzen Ästen* stammten? Die Wunden waren doch viel zu tief, wie von Klauen! Was ist dort wirklich passiert? Sag mir die Wahrheit!"

„Kein Grund, mich anzuschreien! Tobias ist im Wald einer Chimäre begegnet, aber wie du sehen konntest, ist ihm nichts passiert. Weil er in den Wald gelaufen ist, bin ich hinterher und gemeinsam haben wir das Ding verprügelt. Er wollte nicht, dass du die Wahrheit erfährst."

„Denkst du wirklich, dass sie wieder im Wald sein könnten?", fragte Sara wieder ruhiger, aber keinesfalls beruhigt.

„Keine Ahnung. Ich weiß nicht, ob dein Fischkopf schlau genug ist, um aus einer Lektion zu lernen."

„Sollten wir nicht nach ihnen suchen?"

„Was können wir schon ausrichten, wenn wir mitten in der Nacht durch einen dunklen Wald taumeln, in dem es übrigens wirklich viele spitze Äste gibt? Und zumindest die Chimäre kann ihnen nichts mehr antun, denn der hab ich den Schädel gebrochen."

„Der Abend des fünften Tages", sagte Sara langsam.

„Was?"

„Du wolltest uns heute doch eigentlich die Lösung sagen", erklärte Sara. „Aber ich habe das Rätsel schon gelöst."

„Tatsächlich?", fragte Jonathan mit einem verblüfften Lächeln.

„Ich wollte es eigentlich sagen, sobald alle da sind." Sie verstummte kurz und sagte dann aufgebracht: „Ich mache mir wirklich Sorgen um sie! Die beiden wollten spätestens am Abend zurück sein, jetzt ist es schon beinahe Nacht. Wir müssen sie suchen!"

Jonathan antwortete nicht.

„Jo?", fragte Sara.

Jonathan war aufgestanden und stand nun mit dem Rücken zu ihr vor einem der Fenster.

„Jo?", wiederholte sie. „Hast du gehört? Wir *müssen* sie suchen gehen."

Jonathan drehte sich immer noch nicht um, aber er sagte: „Was liegt dir eigentlich so sehr an diesem Fischkopf?"

„Er ist mein Freund. Er hat mir das Leben gerettet. Und Daniel ist auch dort draußen und wenn sie in den Wald gegangen sind und irgendein Wesen sie angegriffen hat … Meine Mutter hat gesagt, dass ich aufpassen soll … Wenn noch mal so etwas passiert wie mit Tina …"

„Ihnen ist bestimmt nichts passiert", sagte Jonathan kühl. Er drehte sich wieder zu ihr um. Seine Augen waren nicht länger grau, sondern leuchtend gelb. Sein Gesicht war ganz bleich und er berührte mit einer Hand die Narbe, die sich als roter Strich von seinem blassen Gesicht abhob.

„Ich hatte nicht daran gezweifelt, dass du es herausfinden würdest. Du weißt, dass ich ein Kobold bin", sagte er. „Aber das Spiel hast du trotzdem verloren."

„Was redest du da von deinem dummen Spiel?! Wir müssen …"

Jonathan zog ein Schwert aus dem Nichts hervor und richtete die Spitze auf Sara.

„Was willst du?", fragte sie fassungslos.

„Ist das nicht klar?"

In der ersten Schwertkampfstunde an der Wächter-Akademie hatte Loy verschiedene Schwerter und Säbel mitgebracht. Für Sara war nur das letzte und schmuckloseste übrig geblieben, trotzdem liebte sie mittlerweile diese Waffe. Und sie hatte auf Loy gehört und trug ihr Schwert immer bei sich am Gürtel, wenn sie sich nicht gerade in der Schule aufhielt.

Sara sprang vom Sofa auf und zog ebenfalls ihr Schwert.

„Hör auf mit dem Quatsch und leg dein Schwert weg", forderte Sara ihn möglichst ruhig auf, während sie langsam vor Jonathan zurückwich. „Warum tust du das?"

„Schon vergessen? Ich bin ein Kobold", antwortete Jonathan. Dann stieß er mit dem Schwert nach vorn und Sara wich nur knapp aus.

Sara versuchte, sich an Loys wöchentliche Kampfstunden zu erinnern, versuchte, die dort erlernten Schritte und Techniken anzuwenden. Jedoch wich sie mehr aus, als dass sie zurückschlug. Sie wollte und konnte Jonathan nicht verletzen. Er aber kämpfte rücksichtslos. Sie erkannte Jo kaum wieder, und das lag nicht an den gelben Augen. Vom freundlichen, hilfsbereiten und lustigen Jo war nichts mehr übrig.

Ihr Kampf führte sie aus dem Kaminzimmer hinaus und sie kämpften schließlich unter dem Kronleuchter in der Eingangshalle. Saras Oberschenkel war aufgeschlitzt, so dass sie nur noch halb so schnell ausweichen konnte. Von Jonathans linkem Arm tropfte Blut, aber das hielt ihn kaum auf.

Sara stolperte über die unterste Treppenstufe, und als sie auf dem kalten Stein landete, wurde ihr klar, dass Jonathan ihr kämpferisch überlegen war. Durch körperliche Kraft würde sie ihn nie besiegen und auch nicht länger aufhalten können.

Jonathan war ihre allmähliche Entkräftung nicht entgangen. Er wusste, dass sie nirgendwohin fliehen konnte, nicht mit ihrem verletzten Bein. Er hielt einen Moment inne, um nach Luft zu schnappen, und Sara nutzte die Gelegenheit, um nach einem Ausweg zu suchen.

Sie konnte nicht fliehen. Sie war zu k. o., um noch weiterzukämpfen. Sie hatte einfach keine Kraft mehr.

Sara Feé Nereida Síth gab auf und das metallgraue Schwert fiel ihr aus der Hand und landete klirrend neben ihr auf den Steinstufen.

Jonathan fasste seinerseits sein Schwert fester und holte aus, um die Klinge in Saras Brust zu treiben. Die Klinge blitzte im Schein des Kronleuchters auf und raste unaufhaltsam auf Sara zu. Gerade, als die Spitze den Stoff ihres T-Shirts durchbohren wollte, knallte es laut, gleißendes Licht blendete sie beide und im nächsten Augenblick sanken sie beide in einer Rauchwolke zu Boden.

Nebenhandlung

Tobias rannte. Mittlerweile machte er sich mehr Sorgen um Sara als um Daniel. Er wusste auch nicht, warum, aber er hatte ein ungutes Gefühl dabei, dass Sara ganz allein mit Jonathan im Haus war, und es war auch schon stockduster. Mit Tobias' Sorgen begann auch der Regen zu fallen und in Kürze lief der Fluss über.

Als Tobias endlich Jonathans Schloss erreichte, lief das Wasser vom Graben in die Kellerfenster. Und als Tobias über die Brücke rannte, stiegen riesige Wasserfontänen in die Höhe. Als er die Tür aufstoßen wollte, donnerte es ohrenbetäubend laut und Tobias konnte nichts mehr sehen, weil ihn unendlich helles Licht blendete. Er wusste, dass er zu spät kam.

Eine andere Nebenhandlung

Daniel wartete auf dem Feldweg sitzend. Es wurde dunkel und ihm wurde mulmig zumute. Es begann, Sturzbäche zu regnen, und er hüpfte auf einem Bein in den Schutz des Waldrandes. Es donnerte und blitzte in der Ferne. Nur einmal. Darauf folgte ohrenbetäubende Stille. Daniel war sich sicher, dass das unheimliche Gewitter direkt über Jonathans Schloss gewesen war.

Zwischenspiel oder Neben-handlung

Marates wachte mitten in der Nacht auf. Er war sich sicher, ein Donnern vernommen zu haben.

„Hast du das gehört?", fragte er Catarina.

„Was soll ich gehört haben?"

„Ein Donnern. So etwas bedeutet nie etwas Gutes. Ich habe das schlimme Gefühl, dass es etwas mit Nereida zu tun hat. Ich muss los."

Er warf sich nur den weißen Umhang über den Schlafanzug und verschwand.

Catarina setzte sich im Bett auf und beschloss, auf die Rückkehr ihres Mannes zu warten. Sie konnte sowieso nicht mehr schlafen, solange sie sich Sorgen um Marates und Nereida machen musste.

Nebenhandlung

Tobias war auf der Brücke vor der Tür auf die Knie gesunken. Er wusste nicht, ob er hineingehen sollte, und wenn er es tat, was ihn dort erwarten würde. Der Knall hatte so geklungen, als wäre drinnen etwas explodiert. Und was war jetzt mit Sara und Jonathan?

Er rappelte sich auf und drückte die Tür auf, als eine Stimme hinter ihm erklang.

„Geh nicht weiter!"

Tobias fuhr herum und sah einen Mann im weißen Umhang. Es dauerte einen Moment, bevor ihm bewusst wurde, wer es war.

„Wissen Sie, was passiert ist?", fragte Tobias.

Der Mann schüttelte den Kopf.

„Sara ist mit Jonathan dort drinnen allein", erklärte Tobias. „Ich habe etwas knallen gehört."

„Ich weiß", sagte der Mann. „Lass mich durch."

Der Mann im weißen Umhang betrat das Haus und Tobias blieb dicht hinter ihm. Es bot sich ihnen ein schreckliches Bild: Jonathan und Sara lagen am Boden, die Augen geschlossen, die Schwerter neben ihnen, und am Boden, an den Schwertern und den Körpern befand sich Blut.

Tobias wollte zu Sara rennen, aber der Mann hielt ihn zurück. „Fass sie nicht an!"

„Sie müssen ihr helfen!", flehte Tobias.

Der Mann nickte wieder, dann nahm er Sara behutsam auf den Arm und verschwand im nächsten Augenblick mit ihr.

Tobias stand allein in der Halle und blickte auf Jonathan hinunter und fragte sich, was die beiden veranlasst hatte, miteinander zu kämpfen. Er hatte Lust, auf den bewusstlosen Jonathan einzutreten, für das, was er Sara angetan hatte, aber zum ersten Mal konnte sich Tobias beherrschen, auch wenn er dafür die Fäuste zusammenballen musste, bis ihm die Hände schmerzten.

Dann kehrte der Mann im weißen Umhang zurück und hob auch Jonathan mühelos hoch, obwohl der ziemlich schwer sein musste.

„Was ist mit Sara?", fragte Tobias verzweifelt. „Was ist mit ihr passiert?"

„Alles zu seiner Zeit", sagte der Mann.

„Sie müssen ihren Eltern Bescheid sagen. Und ihr Bruder Daniel ist irgendwo draußen und ist auch verletzt."

„Ich werde noch mal zurückkommen und euch beide holen", sagte der Mann beruhigend, bevor er auch mit Jonathan verschwand. Es dauerte nicht lange, bis er das zweite Mal zurückkehrte.

Zwischenspiel

Marates ging mit dem Jungen vom Flussvolk den Feldweg entlang und strahlte ihnen beiden mit einer Taschenlampe ein wenig voraus. Der Oberste des Rates war sich ziemlich sicher, dass der Junge etwas mit diesem beunruhigenden Regen zu tun haben musste. Der Junge hatte immer wieder gefragt, was mit Sara los sei, aber er hatte ihm nicht geantwortet, weil er die Antwort nicht kannte.

Wieso hatte ausgerechnet heute, als sie ein einziges Mal nicht wachsam gewesen waren, etwas passieren müssen? Und wieso hatte keiner von ihnen erkannt, dass es sich um einen Kobold gehandelt hatte, der für jeden in seiner Umgebung eine Gefahr darstellen konnte?

Jemand aus der Dunkelheit rief zu ihnen herüber: „Hey, Toby, Jo, seid ihr es?!"

Der Junge lief auf die Stelle zu und dort saß der Bruder von Nereida, den sie gesucht hatten.

„Ich bringe euch beide jetzt zu Sara", erklärte Marates schnell, damit er dem Jungen das Erklären überlassen konnte, und teleportierte sie weg.

Dann ging er nach Hause, hängte den weißen Umhang an den Haken und legte sich wieder ins Bett. Catarina sah ihn an.

„Was ist passiert?"

„Morgen", sagte Marates bloß müde und schlief fast augenblicklich ein.

Krankenhaus

Als Sara aufwachte, hörte sie das Summen und Piepen von irgendwelchen Geräten. Als sie endlich genug Kraft hatte, um die Augen zu öffnen, blickten sie zwei Gesichter an.

„Wo bin ich?", fragte Sara und richtete sich in dem großen weißen Bett, in dem sie lag, auf.

„Im Krankenhaus", sagte Tobias sanft und machte einen unsicheren Schritt auf das Bett zu.

„Jonathan ist durchgedreht und du hast die letzte Macht der Rusalka heraufbeschworen, um ihn aufzuhalten. Dadurch bist du ohnmächtig geworden. Erinnerst du dich?"

„Ich habe *was* gemacht?", fragte Sara verständnislos.

„Die letzte Macht, die eine jede Rusalka hat", erklärte Daniel. Er stützte sich auf zwei Krücken und ein Fuß war geschient. „Wenn dir kein Ausweg mehr scheint, kannst du das einmal in deinem Leben machen. Du hast eine riesige Macht freigesetzt, die Jo und dich ausgeknockt hat."

„Wie bin ich hierhergekommen?", fragte Sara.

„Ich war gerade vor der Tür, als dieser Blitz aufleuchtete, und gleich danach ist Marates, dieser Ratstyp, aufgetaucht. Er hat dich hierhergebracht und deinen Eltern Bescheid gesagt und dann hat er auch Daniel und mich hergebracht", erklärte Tobias. „Und Jonathan liegt übrigens auch ein paar Zimmer weiter. Bis jetzt ist er noch nicht wieder zu sich gekommen."

Sara warf einen Blick aus dem Fenster ihres Krankenzimmers und erstarrte. Etwas stimmte da draußen nicht. Die Blätter der Bäume hatten sich zum Teil schon bunt gefärbt und segelten langsam zu Boden.

„Wie lange bin ich schon hier?", fragte Sara verwirrt.

Daniel und Tobias sahen sich zögernd an. Dann sagte Daniel vorsichtig: „Seit etwa drei Wochen."

Sara richtete sich ruckartig im Bett auf. „Drei Wochen!? Welcher Tag ist heute?"

Wieder zögerte Daniel einen Moment, ehe er antwortete: „Heute ist Donnerstag."

Sara verdrehte genervt die Augen. „Du weißt ganz genau, was ich meine. Welches Datum ist heute?"

Tobias holte tief Luft, ehe er sagte: „Der 19. September."

Sara schwang die Beine aus dem Bett und wollte aufstehen, aber Tobias sprang zu ihr und hielt sie zurück.

„Du brauchst noch Ruhe. Bleib liegen."

Sara setzte sich genervt auf die Bettkante. „Wegen dieses Idioten Jonathan wurde ich nicht nur fast umgebracht, sondern habe auch drei Wochen meines Lebens verschlafen. Am

besten, ich gehe gleich rüber zu Jo und ver-
passe ihm einen Kinnhaken."

Obwohl es etwas gezwungen locker
klang, mussten die beiden Jungen grinsen, vor
allem Tobias. Er setzte sich neben Sara auf die
Bettkante und legte ihr einen Arm um die
Schultern.

„Das ist doch egal", sagte er. „Das einzig
Wichtige ist jetzt, dass du wieder richtig gesund wirst. Die Ärzte hier wollten schon den
Sarg für dich bestellen. Wir konnten sie gerade
noch davon abhalten."

Sara fühlte sich schon wieder besser,
aber dann fiel ihr etwas ein, dass ihre Laune
auf den Tiefstand senkte.

„Wo sind Mutter und Vater?", fragte sie
Daniel.

„Sie sind vorhin nach draußen gegangen,
um irgendetwas mit dem Arzt zu bereden."

In dem Moment ging die Tür auf und
ihre Eltern betraten das Zimmer. Als sie ihre
Tochter endlich in einem wachen Zustand an-

trafen, musste Sara zuerst unzählige Umarmungen ihrer Mutter über sich ergehen lassen. Ihr Vater stand mit ernstem Gesicht daneben, sagte zunächst aber nichts. Erst als sich Frau Síth wieder beruhigt hatte, fing er mit seiner Standpauke an.

„Was hast du dir nur dabei gedacht?!", fuhr er sie an. „Dich mit einem Kobold anzulegen! Und komm mir jetzt bloß nicht mit der Ausrede ‚Aber ich kannte ihn doch'. Kobolde sind unberechenbar, was auch gerade wieder bewiesen wurde."

Daniel und Fajé zogen sich immer weiter in eine Ecke zurück, weil Herr Síth beim Sprechen immer lauter wurde. Nur Tobias blieb standhaft neben Sara sitzen, und als Saras Vater eine Pause zum Luftholen einlegte, verteidigte Tobias sie.

„Es war doch aber nicht ihre Schuld. Sara hat noch nicht mal richtig gewusst, dass er ein Kobold ist. Niemand hat davon gewusst, auch Sie nicht", rief Tobias.

Frau Síth bemerkte, wie sehr ihre Tochter in sich zusammengesunken war. „Lass sie doch in Ruhe, Peter", sagte sie zu ihrem Mann. Herr Síth hörte tatsächlich auf sie, drehte ihnen allen aber demonstrativ den Rücken zu und Sara wusste, dass diese Unterhaltung nur verschoben, aber keinesfalls vergessen war.

Drachenritter

Drei Tage später wurde Sara aus dem Krankenhaus entlassen, musste aber noch eine Weile zu Hause bleiben, um sich wirklich wieder ganz zu erholen. Ihr Vater sprach kein Wort mehr mit ihr, und das war vielleicht sogar schlimmer, als wenn er Sara wieder angeschrien hätte.

Tobias besuchte Sara jeden Tag und hielt sie mit dem Schulstoff auf dem Laufenden. Einen Nachmittag brachte er die Nachricht mit, dass Jonathan aus dem Krankenhaus entlassen und seitdem nicht mehr gesehen worden war.

Zu ihrem Geburtstag musste Sara wieder zur Schule gehen, wodurch sie aber noch mehr Zeit erhielt, ihrem immer noch schweigenden Vater aus dem Weg zu gehen.

Zu Weihnachten kam dann der Brief. Sara entfaltete ihn mit zittrigen Fingern, allein in ihrem Zimmer. Sie konnte sich nicht vorstellen, was sie darin erwarten würde.

Liebe Sara,

Es tut mir leid, was vorgefallen ist. Ich hoffe sehr, dass du wieder gesund bist. Ich bin durchgedreht und habe wirklich versucht, dich umzubringen, das ist nicht zu leugnen und unverzeihlich, aber für mich auch unerklärbar.

Ich wünsche dir und deiner Familie trotzdem frohe Weihnachten.

Wenn du in den nächsten Sommerferien noch nichts vorhast, kannst du mal nach Kornas fahren. Dort gibt es den Bund der Drachenritter. Geh zu ihnen, sie nehmen jeden auf, der so ist wie wir. Sie haben mir geholfen, wieder gesund zu werden. Sie haben mir gezeigt, wofür es sich wirklich lohnt, sein Leben aufs Spiel zu setzen.

Ich dachte, dir könnte so etwas gefallen.

Ich soll dir auch schöne Grüße von Yu-On bestellen, vielleicht hat er dir auch schon gesagt, dass er ein Drachenritter geworden ist.

*Geh hin, wenn du willst (und nimm viel-
leicht auch deine Geschwister und deinen lieben
Fischkopf mit).*

*Ich hoffe, du kannst mir wegen des letzten
Sommers verzeihen.*

Liebe Grüße und ein frohes Fest

Dein Jo

*Und Udo (der gelernt hat, wie man
schwimmt)*

Sara las den Brief noch ein zweites Mal,
dann faltete sie ihn wieder zusammen und
legte ihn auf ihren Schreibtisch.

Drachenritter hörte sich doch interessant
an. Zwar war es noch lange hin bis zu den
Sommerferien, aber sie wollte von zu Hause
weg, bis sich ihr Vater wieder beruhigt hatte.

Sie konnte sich unter diesem Namen eine
Drachenaufzuchtstation vorstellen und bestimmt hatte Jo nur wie üblich ein wenig über-
trieben, als er schrieb, wofür es sich zu sterben
lohnt.

Andererseits hatte er Sara letzten Sommer mit einem Schwert angegriffen und sie war sich nicht ganz sicher, ob sie Jo unbedingt allzu bald wiedersehen wollte. Aber um sich das zu überlegen, war noch genügend Zeit.

Nachspiel

„Fast hätten wir Nereida verloren, nur weil wir einmal nicht aufmerksam waren", sagte Marates.

„Du musst gut auf sie aufpassen", sagte Catarina.

„Das werde ich ab sofort auch tun. Ich werde sie nicht mehr aus den Augen lassen."

„Sie ist nicht dein einziges Problem. Jaftalak wird dich nicht mehr in Ruhe lassen. Du hast einmal zu oft gegen seinen Willen entschieden."

„Mit Jaftalak werde ich schon klarkommen", sagte er. „Und was Nereida angeht, werde ich Yolanda und Yale beauftragen, nur noch auf sie aufzupassen."

Catarina nickte. „Sie hat vieles geschafft und sie kann noch mehr erreichen. Seit du durch die missglückte Erinnerungslöschung auf sie aufmerksam geworden bist, hat sich durch sie vieles für die Halbsíth geändert."

„Nereida ist das nicht einmal klar. Aber für Lily und viele andere wird dank ihr einiges einfacher werden in Zukunft", sagte Marates.

„Trotzdem werden viele neue Gesetze nötig sein. Gesetze, um die sich der Rat kümmern muss."

Marates seufzte tief. „Ich glaube, ich werde langsam zu alt für diesen Job. Bald wird Jaftalak meinen Platz einnehmen, dann wird es wieder sehr schwer für die Halbsíth, und besonders Nereida."

„Aber so weit ist es noch lange nicht", sagte Catarina. „Du wirst den Rat noch für viele Jahre führen und du wirst ihn in die richtige Richtung leiten, bis es so weit ist."

„Mmmh", machte Marates. Es klang nicht gerade zustimmend.

Die 13-jährige Sara muss sich in der neuen Schule durchschlagen, sich gegen die Hänseleien ihrer Mitschüler wehren und nebenbei ein großes Familiengeheimnis bewahren. Keiner darf erfahren, dass sie eine schottische Elbe ist.

„Ich heiße Daniel und das ist meine Schwester Sara. Doch sag mir, wer du bist!" Man sollte immer höflich mit dem Geist reden, auch das stand im Handbuch der Geisterbeschwörung für Einsteiger.

„Okay, okay", sagte die Stimme. „Ihr könnt auch ganz normal mit mir sprechen und ihr braucht dabei auch nicht Händchen zu halten."

Sara und Daniel sahen sich verdutzt an und ließen dann die Hände sinken.

„Gut", sagte Sara. „Und wie heißt du nun?"

Ein leichtes Flimmern erschien in der Luft, dann stand eine weiße durchscheinende Gestalt vor ihnen. Die Gestalt sah aus wie ein schon etwas älteres Mädchen, bestimmt 16 Jahre alt.

„Ich heiße Elisabeth", sagte das Gespenstermädchen.

„Warum bist du tot?", fragte Sara sogleich.

„Hey, so etwas fragt man nicht!", belehrte Daniel sie.

„Ihr könnt mich alles fragen", sagte Elisabeth. „Aber ich werde nicht immer antworten."

Bernicia Schröder: Sara Síth

Band 1 der Reihe um die Abenteuer von Sara Síth

118

Durch die neu gewonnene Freundschaft fällt der 13-jährigen Sara die Schule nicht mehr ganz so schwer. Sie freut sich schon auf die gemeinsamen Ferien. Mit ihren Geschwistern und Freunden will sie durch die Berge wandern. Aber ein schrecklicher Unfall bringt alles durcheinander.

„Ich will von hier weg." Sara war hinter ihren Bruder getreten, ihren gepackten Rucksack schon auf den Schultern.

Tobias stand auf und nickte: „Wir können nichts anderes tun als nach Hause zu fahren und deinen Eltern alles zu erzählen. Aber wir müssen bis morgen früh warten, heute Abend fährt kein Zug mehr."

„Wir könnten zurück zu dem kleinen Dorf gehen, wo wir heute Mittag vorbeikamen. Dort war ein Gasthaus, dort können wir übernachten", sagte Daniel. Sie bauten die Zelte wieder ab und gingen zurück.

Im Gasthaus brannte noch Licht. Die Umrisse von Gästen, die darin saßen, waren durch die Fenster zu erkennen.

Tobias öffnete die Tür und wollte eintreten, hielt dann aber abrupt wieder inne. Vor ihm im Eingang stand ein Mädchen, dessen langer schwarzer Pony bis über ihre Augen reichte. Sie trug einen schwarzen Pullover und einen schwarzen Rock.

„Ich habe auf euch gewartet.", sagte sie.

Bernicia Schröder: Sara Sîth – Die Reisenden
Band 2 der Reihe um die Abenteuer von Sara Sîth

Den 14. Geburtstag feiert Sara mit ihren Eltern und Geschwistern und ihrem Freund Tobias. Nur wenige Wochen zuvor hatte ein schrecklicher Unfall Saras Ferien durcheinandergebracht. Nun hofft sie auf entspannte Wochen. Doch inmitten der Feier erscheint ohne Vorankündigung der Rat, die Fünf Großen Sîth. Nicht nur Sara fragt sich, was sie nun wieder falsch gemacht hat.

„Ruhe!", übertönte Meio alle. „Seid ruhig! Wir können, was geschehen ist, nicht mehr ungeschehen machen. Nereida ist bereits hier. Es wäre unfair, sie jetzt wieder zurückzuschicken, wo Ihr, Marates, doch gesagt habt, sie darf kommen." Iba nickte zustimmend.

„Zu meiner Zeit an der Akademie hätte es so etwas nicht gegeben", fuhr Meio fort. „Doch warum sollen wir uns vor allem Neuen verschließen? Ich bin dafür, dass Nereida bleiben soll, als ein Probekandidat."

Eine kleine Pause entstand, dann fügte Meio noch hinzu: „Aber diese Entscheidung liegt nicht bei mir. Nur Marates, der Oberste des Rates, und Catarina, unsere Oberste Lehrerin, können diese Entscheidung treffen."

Marates und Catarina warfen sich einen kurzen Blick zu. Dann sagte Marates: „Nein, wir sollten alle gemeinsam darüber abstimmen."

„Das führt doch alles zu nichts!", fuhr Jaftalak dazwischen.

Bernicia Schröder: Sara Sîth – Die Wächterin
Band 3 der Reihe um die Abenteuer von Sara Sîth

Gegen den Willen ihres Vaters fährt die fast 16-jährige Sara mit ihrem Bruder und ihrem Freund zu den Drachenrittern. Dort lernen sie, wie Drachen gepflegt und ausgebildet werden. Doch als es ohne Grund einen Angriff auf andere magische Wesen gibt, nimmt Sara unerwartet an ihrem ersten Einsatz teil.

„Vielleicht ändert dein Vater seine Meinung noch."

„Bestimmt nicht", sagte Sara. „Er wird sich nie umstimmen lassen. Er sieht nur meine schlechten Taten. Dass ich mich auf der Wächterakademie benommen habe und sogar sehr gut abgeschlossen habe, interessiert ihn nicht."

„Dann werde ich ihm das mal wieder ins Gedächtnis rufen", bot sich Elisabeth an.

„Das wird kaum etwas bringen", meinte Sara, doch Elisabeth war schon durch die Wand verschwunden. Sara rannte die Treppe hinunter, blieb aber auf der letzten Stufe wie angewurzelt stehen.

Elisabeth schwebte gerade durch die Wand ins Zimmer, wo Herr und Frau Síth waren. Als Frau Síth den Geist erblickte, schrie sie kurz erschrocken auf.

„Keine Panik", sagte Elisabeth. „Ich bin nur hier, um Sie daran zu erinnern …" Mit einem Mal verstummte sie und starrte Frau Síth erstaunt an. Dann fragte sie ungläubig: „Nora?"

Bernicia Schröder: Sara Síth – Die Drachenritter
Band 5 der Reihe um die Abenteuer von Sara Síth